在愛情裡，
每個人都該成為一隻黑天鵝，

掠奪那些想要卻不敢要的幸福。

Misa 著

出·版·緣·起

三百六十度全媒體出版

城邦原創創辦人　何飛鵬

當數位變革浪潮風起雲湧之際，做爲一個紙本出版人，我就開始預想會不會有數位原生內容出版社出現？如果會的話，數位原生出版會以什麼樣貌出現？而我又將如何面對這種數位原生出版行爲？

就在這個時候，我看到了大陸的起點網，這個線上創作平台，聚集了無數的寫手，形成數量龐大的創作內容，無數的素人作家在此找到了夢許之地，也成就了一個創作與閱讀的交流平台，而手機付費閱讀的習慣養成，更讓起點網成爲全世界獨一無二、有生意模式的創作閱讀平台。

基於這樣的想像，我們決定在繁體中文世界打造另一個線上創作平台，這就是POPO原創網誕生的背景。

做爲一個後進者，再加上我們源自紙本出版工作者，因此我們在POPO上增加了許多的新功能，除了必備的創作機制之外，專業編輯的協助必不可少，因此我們保留了實體出版的編輯角色，讓有心成爲專業作家的人，能夠得到編輯的協助，我們會觀察寫作者的內容、進度，選擇有潛力的創作者，給予意見，並在正式收費出版之前，進行最終的包裝，並適當的加入行銷概念，讓讀者能快速認識作者與作品。

這就是POPO原創平台，一個集全素人創作、編輯、公開發行、閱讀、收費與互動的一條龍全數位的價值鏈。

經過這些年的實驗之後，POPO已成功的培養出一些線上原創作者，也擁有部分對新生事物好奇的讀者，不過我們也看到其中的不足——我們並未提供紙本出版服務。

眞實世界中，仍有許多作家用紙寫作，還有更多讀者習慣紙本閱讀，如果我們只提供線上服務，似乎仍有缺憾。

爲此我們決定拼上最後一塊全媒體出版的拼圖，爲創作者再提供紙本出版的服務，讓所有在線上創作的作家、作品，有機會用紙本媒介與讀者溝通，這是POPO原創紙本出版品的由來。

如果說線上創作是無門檻的出版行爲，而紙本則有門檻的限制，線上世界寫作只要有心，就能上網、就可露出，就有人會閱讀，沒有印刷成本的門檻限制。可是回到紙本，門檻限制依舊在。因此，我們會針對POPO原創網上適合紙本出版的作品，提供紙本出版的服務，我們無法讓所有線上作品都有線下紙本出版品，但我們開啓一種可能，也讓POPO原創網完成了「三百六十度全媒體出版」的完整產業及閱讀鏈。

不過我們的紙本出版服務，與線下出版社仍有不同，我們提供了不同規格的紙本出版服務：（一）符合紙本出版規格的大眾出版品，門檻在三千本以上。（二）印刷規格在五百到二千本之間的試驗型出版品。（三）五百本以下，少量的限量出版品。

我們的宗旨是：「替作者圓夢，替讀者服務」，在作者與讀者之間搭起一座無障礙橋梁。

我們的信念是：「一日出版人，終生出版人」、「內容永有、書本不死、只是轉型、只是改變」。

我們更相信：知識是改變一個人、一個組織、一個社會、一個國家的起點。讓想像實現、讓創意露出、讓經驗傳承、讓知識留存。我手寫我思，我手寫我見，我手寫我知，我手寫我創，變成一本本的書，這是人類持續向前的動力。

我們永遠是「讀書花園的園丁」，不論實體或虛擬、線上或線下、紙本或數位，我們永遠在，城邦、POPO原創永遠是閱讀世界的一顆螺絲釘。

楔子

一群女人圍繞在湖邊跳舞，清澈的湖水倒映出她們體態婀娜的身形，曼妙的舞姿引來男人躲在一旁窺視。

她們不是沒有察覺男人的視線，而是享受被人注視的感覺，那是種無聲卻熱烈的讚美。

然而，當另一個舞姿更動人的女人翩然加入起舞行列，男人的目光頓時一轉，視線只集中在那個女人身上，久久無法移開。

其他女人頓時成了黯淡無光的配角。

即便是愛情，也是經由比較得來，誰又能說這樣的愛不是愛？

人本來就生活在一個處處比較的世界。

求學的時候比成績、比誰在班上人緣好、比誰的男女朋友更出色；出社會工作比誰能在知名企業上班、比誰薪水高、比誰擁有更令人稱羨的交往對象。

比別人好，便由衷感到開心。

一旦比不上別人——哪怕只有一點點，便覺得挫敗。

人們習慣藉由與他人比較，找到自身的價值所在。

若不能成爲第一，一切都沒有意義。
只要能成爲第一，是黑天鵝或白天鵝，又有什麼差別呢？

第一章

在我的記憶中，有一幕畫面始終歷歷在目，清晰如昨。

那時的我大約國小一、二年級左右，某天半夜起床想去洗手間，一打開房門就發現客廳透出燈光，睡眼惺忪的我揉揉眼睛，往光源方向走去，卻在轉角處聽見隱隱的啜泣聲。

我一愣，不由得停下腳步，身體緊貼牆邊，悄悄探出頭去，瞥見爸媽各別坐在沙發兩端。

媽媽低垂著頭，肩膀微微聳動。

她在哭。

意識到這點，我感到非常驚慌，總是笑臉迎人的媽媽，此刻卻悲傷地哭泣著。

「……我真的沒有辦法了。」爸爸的聲音聽起來很冷酷，我從沒聽過他那樣說話。

「之所以接連生下三個女兒，不就是爲了要個兒子？」媽媽抬起頭，臉上雖不到滿臉淚痕的程度，但掛在她頰邊那滴搖搖欲墜的淚卻讓我看了格外難過。

「妳也不想，不是嗎？」爸爸輕聲說：「當初，就不是因爲愛情才結婚。」

媽媽低下頭，再次抬起時，頰邊已沒了那滴淚。

「是啊，確實不是……」媽媽的聲音幾不可聞。

「爸媽那邊我會想辦法。」

「嗯。」媽媽點頭，露出了勉強的笑容。

那個笑容，始終在我心中縈繞不去。

即便當時年紀還小，我已懵懵懂懂地意識到一件事：我的父母，不是因爲相愛才攜手走入婚姻。

然而，媽媽的神情卻又讓我覺得好像有哪裡不對勁。

於是我開始刻意觀察爸媽的言行舉止，尤其是他們兩人之間的互動。

直到我終於確認自己的想法沒錯後，在某天晚上，我對姊姊千裔說出了那個猜測。

「別亂說。」千裔先是輕聲喝斥我一句，嘆了口氣後又說：「算了，大概就是妳說的那樣吧。」

「妳也有發現？」我問。

「我比妳和之杏年長。」她看了眼躺在床上睡得正香甜的之杏，「有些事情我早就看在眼裡，怎麼會不知道。」

「爸媽不是因爲相愛才結婚，爸爸他並不愛媽媽，可是媽媽是不是……」我的話梗在喉中。

千裔摸摸我的頭，溫柔至極，「不要探究，也許眞相會讓妳無法承受，這件事就當成是我和妳之間的祕密，不要告訴任何人。」

「連之杏也不行？」

「除非之杏自己發現。」千裔聳聳肩，打了個哈欠。

那是我與千裔的第一個祕密，大概也是唯一一個祕密。

✦

爸媽並不特別遮掩彼此之間的相處異狀，他們不會缺席我和千裔、之杏在學校裡的任何一個重要時刻，卻也從來不曾同時出席。

我十二歲那一年，家中發生巨大轉變，我們家突然冒出一個「弟弟」。

我記得很清楚，在「弟弟」來到這個家中的前一天晚上，之杏第一次問出這個問題：「爸媽是不是感情不好？」

我有些訝異，沒想到十歲大的之杏會這麼問。但其實好像也沒什麼好訝異的，我隱約察覺到爸媽之間感情不睦那時，也才七、八歲。所以人家說，小孩子雖然不懂情感的複雜，但感受力卻很強，這點果然沒錯。

千裔不愧身爲大姊，聽到之杏的問話，一點也不驚慌，一如當年我主動詢問她時一樣，溫柔地摸摸之杏的頭，「不是不好，應該是沒有感情吧。」

好吧，千裔只是看起來很溫柔，講出來的話卻一點也不溫柔。

之杏驚訝地張大嘴，那模樣看起來既傻氣又可憐。

我插話，想盡可能緩和之杏心中的震驚，「我知道這叫什麼，我在電視上看過，這就是沒有愛情的婚姻。」

之杏滿臉疑惑，似乎不太能理解。我和千裔對看一眼，明白她年紀還小，或者，她就是那種對愛情充滿少女幻想的類型，所以無法理解現實中的戀情不見得都是美好的。

不管是電影、小說或網路流傳的那些故事，往往強調真愛無敵，似乎只要有了愛，就不會有問題，也不該有問題。

然而現實並非如此。

誰說要有愛才能建立家庭？誰說要有愛婚姻才能長久？誰說要有愛才能幸福快樂？愛很重要，但或許，沒有我們想像的那麼重要。

「也許是因爲有比愛更重要的事，才會讓他們做出這樣的選擇吧。」千裔冷笑了一下，那的確是冷笑，她聳了聳肩，「也許等我們長大以後，等到我們也變成大人的那一天，就能理解了吧。」

這句話很像長輩常說的「等你長大了就知道」。

成爲大人，難道就沒有解不開的謎團了嗎？難道就不會產生疑惑？難道就沒有會後悔的事情了？

我還在思考這些問題時，之杏忽然說：「難道不能直接去問爸媽嗎？」

眞是小笨蛋啊孟之杏，明明只小我兩歲，怎麼會這麼愚蠢？就算她眞的有種去問好了，難不成爸媽會老實回答「嗯，對呀，我們沒有感情」嗎？

「不能！孟之杏，有些事情妳即使看在眼裡，也不能問出口。」先出聲阻止之杏的當然是千裔，她一臉嚴肅地囑咐：「妳只要記得爸媽沒有虧待我們，再想想我們不愁吃穿的生活，以及我們所擁有的有形與無形的東西，就能明白，就算他們不愛彼此，卻仍深愛著我們。」

嗯，千裔這樣說是沒錯。

雖然之杏看起來好像還是不太能接受，但仍勉強點了點頭。

而我接受了嗎？我不知道，與其說接受，不如說是習慣吧。

習慣我的父母如此相敬如賓。

當天晚上，我躺在床上看完一本書，正準備關燈時，媽媽敲了敲房門，隨即推門走了進來。

媽媽每天晚上都會輪流到我們三姊妹房裡，聊聊一整天發生什麼事情或是有什麼想法，算是母女的親密交流時間。

「看完那本書了嗎？」媽媽在床邊坐下，視線不經意地往我放在一旁的小說瞥去。

「嗯，結局還不錯。」我笑著把書遞給媽媽，「男女主角分開了。」

「分開還說不錯？」媽媽很訝異，接過去翻了幾頁。

「總比不相愛卻在一起好吧？」我說這句話時並沒有在暗示什麼，但媽媽的臉色卻頓時一僵，嘴角的微笑停在尷尬的弧度。

「夕旖，妳是個聰明的孩子。」媽媽勾了勾唇，淡淡的笑容裡似乎帶著一絲無奈，她伸手摸摸我的臉頰，「妳們就要有弟弟了。」

我先是一愣，隨即揚起笑容，我要有弟弟了……

只是這樣的喜悅持續沒幾秒鐘，望著媽媽臉上複雜的神情，我立即收起笑容，直覺事情不是我想像的那樣。

「但是弟弟不在媽媽的肚子裡，是嗎？」我小心翼翼地問。

媽媽一頓，輕輕點頭，「明天會帶他回來。」

許多疑問在心中徘徊不去，我回憶起存於記憶深處，爸媽深夜在客廳裡對坐談話的那一幕。一時之間，我什麼話都無法問出口。

最後我只對媽媽說了句晚安，便迅速在床上躺平，抓起被子把自己裹得緊緊的。

「晚安。」媽媽在我額頭上輕輕落下一吻，關上燈，走出房門。

眼角溢出一滴眼淚，我趕緊胡亂抹掉，在床上翻來覆去，始終無法入睡。

趁著媽媽去之杏的房間，我躡手躡腳打開房門，瞄了一眼無人的走廊，馬上踮著腳尖快步來到千裔的房門前，敲了兩下，也不等她回應便溜進去。

「夕旖，妳還不睡？」千裔躺在床上看書，見到我只是眉頭輕皺，並沒露出意外的神情，她把書放到一邊，坐起身子，「妳也聽媽說了？」

我點點頭，逕自爬到她床上，抱起放在一旁的小枕頭。

「媽媽的意思我沒有誤會吧，我們會有個弟弟……」

「只是弟弟不是媽媽生的。」千裔聳肩，「是爸在外面生的孩子嗎？」

「可能吧。」我又想起那晚媽媽在客廳裡低頭哭泣的模樣。

我和千裔沒再多說什麼，既然媽媽都接受了，我們又能如何呢？

等到媽媽回房後，我們草草互道晚安，我才回到自己的房間裡。雖然內心依然覺得不舒服，但似乎不像剛才那麼慌亂無措了。

也許是心裡有底，我和千裔對於這樣的事其實並不意外，畢竟爸媽貌合神離多年，就算兩人另有感情寄託，也並非不能理解。

隔天，爸媽果眞帶回了一個「弟弟」。

之杏這個大白痴居然天眞地以爲是媽媽懷孕了，所以當她看到年紀和她一樣大的「弟弟」時，那驚愕交加的愚蠢表情眞是經典。

「我叫孟千裔，是大姊，今年十四歲，」個性沉穩的千裔率先自我介紹。

「我是孟夕旖，十二歲。」我也跟著介紹自己。

見之杏還在發愣，絲毫沒有接話的打算，我抬起手肘撞了撞她，但她完全沒反應。

「我、我叫阿太，不……不是，從今天開始我叫做孟尙閎……」那個有些微胖的男孩話音發顫。

「尙閎是我們從大地育幼院帶回來的，從今天開始，你們就是姊弟了，我希望你們能好好相處。」爸爸的手放在孟尙閎的肩膀上。

我和千裔迅速互看一眼，沒料到這個「弟弟」竟是從育幼院領養的孩子。不可否認，我們都爲此鬆了一口氣，雖然明白父母其一有了外遇並不意外，但如果可以，還是不想面對這樣的狀況。

只是……爲什麼不選擇年紀小一點的呢？這個男孩已經十歲了，他很清楚知道自己是被領養的，這樣的他眞的可以心無芥蒂地融入我們家嗎？

不過，撇開這點不談，我和千裔都由衷喜歡尙閎，他很體貼懂事，相處起來很輕鬆愉快。對我來說，相處愉快比血緣什麼的更重要，而之杏雖然一開始很排斥他，時間久了倒也相處出感情，漸漸變得像是眞正的手足一般。

後來的日子，除了父母感情淡薄外，我們家算是過得相當幸福。

但之杏這個死腦筋的傢伙，總是糾結於爸媽感情好不好這件事，並爲此悶悶不樂。看著這樣的之杏，我總是暗自搖頭，她年紀還太小，總有一天她會明白，愛情不是生活中最重要的事。

沒有愛情，生活也能繼續，甚至也能擁有幸福。

所以，我並不是很在意爸媽之間的情感互動，他們是否在外與其他人有感情牽扯，我也不是很介懷。

除了腦海中偶爾會浮現媽媽哭泣的那幕畫面以外，大多時候我仍過著原本的生活，不受干擾，我能感受到千裔也是如此。

可這份淡然，有一天卻忽然有了改變。

當時，我正值國三，即將迎來基測。我的成績向來不差，每次模擬考都能維持在一定水準之上，所以對於基測不怎麼擔心，照樣吃好睡好。

那天半夜，不知怎麼的，我從睡夢中驚醒後就再也睡不著，在床上翻來覆去，仍是睡意全無，便決定到客廳看電視。經過爸爸的房間時，見房門虛掩，門縫裡透出燈光，但爸爸明明去外地出差，並沒有回家。

出於好奇，我躡手躡腳往房裡看去，意外瞥見媽媽獨自坐在床角。

她手上緊緊攥著一件爸爸的襯衫，半張臉深埋在衣服裡，啜泣聲隱隱傳來。

見狀，我立刻轉身回到自己的房間，迅速關上門，背貼著門板，心臟噗通噗通狂跳。

媽媽的眼淚與舉動，確認了一直以來埋藏在我心底卻不敢正視的猜測。

爸爸不愛媽媽，但媽媽愛著爸爸，用一種隱諱的方式，不讓任何人知道。

忽然之間，許多記憶中的細節驀地湧上，像是爸媽神情漠然的臉，以及他們帶尙閡回來時說出的那句話——我們家族需要一個繼承人。

媽媽將對爸爸的愛，隱藏在面無表情之下。

我趴在床上，想哭卻哭不出來，胸口的鬱悶無處宣洩，分辨不出是生氣或是難過。

就算他們不是因爲相愛而結婚，然而在多年相處之後，媽媽愛上爸爸，爸爸卻沒因此愛上媽媽。

爲什麼？

最明顯的可能只有一個。

爸爸愛著別人。

前所未有的不捨與悲哀淹沒了我。得知爸媽在外頭有了另一個交往對象或是家庭，我本來並不意外，但那是以他們兩個互不相愛爲前提。

如果其中一方愛著另一方，那就不一樣了。

我深吸一口氣，再次走出房間時，爸爸的房門已經關上，看來媽媽回去她自己的房間了。

我小心翼翼往書房走去，爸爸在家的時候，大半的時間都待在書房，我想去找找看有沒有其他蛛絲馬跡，我想知道爸爸心中是怎麼想的。

不敢開燈，我藉著手電筒微弱的光線摸索書桌，逐一打開抽屜翻找，除了一疊又一疊文件之外，沒有其他東西，連筆記本裡也只是公事記錄。我往書櫃上看去，上頭擺著許多艱澀難懂的專業書籍。

乍看之下，爸爸的書房裡沒有任何可疑之處，卻也沒有任何生活的痕跡，那些工作文件、專業書籍讓這間房間看起來像是辦公室或研究室，桌上沒有擺放家人合照的相框，也沒有其他能反應出房間主人喜好的小物件，這讓我感到萬分寂寥。

我煩躁地舉起手電筒亂照，意外瞥見書櫃最上層有本書似乎與其他書籍不太一樣。好奇心升起，我隨即拉過一旁的椅子踩上去，把那本書取了下來。

定睛一瞧，原來這是本相簿，墨綠色的封皮有些陳舊，被收放在高處，卻沒沾染多少灰塵，可見時常被拿下來翻閱。

我毫不猶豫地翻開相簿，第一眼就認出相片裡那個十幾歲的青澀男孩是爸爸，他的臉上掛著我從未見過的燦爛笑容。

每一張相片裡的爸爸看起來都很開心，那快活自由的模樣，與現在的他判若兩人。而他身邊總是站著一個年輕的女孩，那女孩長髮束起、笑容靦腆。除了爸爸與那女孩的合照，也有許多張她的個人獨照，相片裡的女孩臉上盈滿笑意。

爸爸愛著她，這是一目了然的事實。

即便到了現在，爸爸依然愛著她，這本相簿的存在就是最好的證明。

頓時我怒火中燒，決定要把相簿交給媽媽，讓媽媽告那個女人妨礙家庭。

不過，在這之前，必須要找到更具決定性的證據，這點我還是懂的。

我按捺住怒氣，捧著厚厚的相簿一頁一頁往後翻，卻發現好像有哪裡不太對勁。

這本相簿裡全是爸爸和那女孩十幾歲左右時的相片，最後一張照片是那女孩幸福洋溢地笑著坐在湖畔的小艇上。

沒有其他相片了，照片裡的兩人，停留在年少時期。

我憶起前幾頁有張他們穿著制服，站在一所學校前面的合照，那是爸爸就讀的高中。

我立刻放下相簿，舉起手電筒仔細搜尋書櫃，卻找不到其他相簿。

突然我靈光一閃，於是跑出書房，來到客廳的書櫃前。爸爸曾在閒聊中無意間提起過，他把高中畢業紀念冊收在這裡。

手電筒的光束在重重書脊間來回掃過，終於在書櫃最上層找到那本藍色封皮的畢業紀念冊。

沒有任何遲疑，我立刻從廚房搬來高腳椅，嘴裡咬著手電筒，輕輕踩上椅子，把那本畢業紀念冊拿下來。

迫不及待地一頁一頁翻找到爸爸所屬的班級，只見任何有爸爸在的照片，那女孩都伴隨左右。

我很快找到那女孩的大頭照，清秀的照片下方寫著一個名字，趙梅。

我定定凝視女孩的名字許久，接著才翻到畢業紀念冊最後一頁，那一頁有著爸爸的同學們留下的祝福以及簽名，其中一句祝福寫著：

期待你與小梅的喜酒。

呆了半晌，我站起來，逐一翻看起書櫃上的其他相簿。只要是有爸爸的相片，我每一張都仔細看過，心臟不受控地跳得飛快，全身發熱，甚至覺得自己在寒冷的冬夜流下涔涔汗水。

窗外的天空微微亮起，客廳的地板上堆滿了被我胡亂擺放的幾疊相簿，除了那本在書房中找的墨綠色封皮相簿，以及高中畢業紀念冊以外，沒再見過趙梅出現在任何一張照片裡。

爸爸二十歲那年就和媽媽訂婚了，由此推算，趙梅無疑是爸爸婚前所愛的女人。不論爸爸現在是否還和這個趙梅保持聯絡，我都替媽深感不值。

這麼多年來，媽始終待在爸身邊，甚至爲他生下三個女兒，卻還是得不到他的愛。媽再怎麼溫柔嫻淑、成熟體貼，又有什麼用？

我抬手用力擦乾眼淚，緊咬下脣，決定將這件事當作祕密，不告訴任何人。

奇怪的是，在收拾相簿的過程中，原先浮躁難受的心情越來越平靜，而心中的另一個念頭卻越來越清晰。

我想起了《天鵝湖》的故事，王子先是傾心於白天鵝，卻又被黑天鵝的魔法蠱惑，轉而愛上黑天鵝。

縱使手段惡劣，但人生僅有一次，只要能得到幸福，選擇成爲爲達目的不擇手段的黑天鵝又有什麼不對呢？

若能奪取愛人的心，成爲對方心中的第一，這才是所謂的幸福啊！

回到爸爸的書房，將那本墨綠色的相簿放回書櫃時，我悄悄拭去頰邊的最後一滴眼淚，告訴自己：

從今以後，不論任何事我都要成爲第一，絕不屈就。

✦

後來的日子裡，媽媽仍繼續用彷彿漠視一切的姿態與爸爸相處，但有時我偶然會瞥見她望著爸爸時，眼神中一閃而過的愛意。

隨著時間過去，這種不經意流露出的情感似乎逐漸減少。

習慣是很可怕的，妳終究會習慣他不愛妳。

但我學會了漠視，既然媽媽拚了命隱藏，我也就裝作不知情。

「千裔，妳現在有空嗎？」

我就讀高二那年，千裔已經上大學，她的生活過得十分忙碌，就算出現在家裡，也總是神色匆忙，沒待多久又急著要出去。

晚上過了我習慣入睡的時間好一會兒，她才回到家，不知道是因爲念書太勤還是玩樂太過，臉上難掩疲憊。

我一直耐心等到她洗完澡後，才推開她的房門走進去。

「感覺好久沒跟妳說話了。」千裔正往身上塗抹乳液。

「大學有這麼忙？」我關上房門，走到她床邊的地毯坐下，順手抓起一旁的靠枕。

「雖然忙，但也很開心。」她聳聳肩，「怎麼了？」

「有件事想問問妳。」

關於趙梅的事，我連千裔都沒有提起過，因爲我說不出口。同時我也擔心，假使告訴千裔以後，她卻露出一副毫不在意的樣子，我想，我可能會承受不了。

不過，此刻我要說的卻是另一件事。

「尚閎他……妳有發現嗎？他太完美，太像一個乖孩子了。」

千裔挑起一邊的眉毛，笑道：「怎麼，妳也發現啦？」

「太過明顯了。」我撇了撇嘴。

尚閎每次吃完飯總會馬上進廚房洗碗，假日也一定會幫忙整理家務。他把自己的房間打理得一塵不染，課業從來不用父母擔心，簡直就是完美的模範生。

但人不可能毫無缺點，在他刻意保持完美形象的背後，是否也跟媽媽一樣，強迫自己勉強扮演另一個角色？

「妳就不要管太多了，每個人都有自己的角色要扮演。在尚閎面前，我們就是他的姊姊，我們扮演好姊姊的角色就足夠了。」千裔將乳液擠在光裸的腿上，來回按摩。

「這樣有一天他會崩潰的。」我有些憂心。

「事情不見得會走向最壞的發展，每個人自我調適的能力不同。況且，妳不能強行揭露也許連他自己都不想承認的事，否則最後可能會造成更大的傷害。」千裔成熟地分析。

「我不會對他打破砂鍋問到底的，我只是擔心……」我嘆了口氣，「什麼都不說，靜靜地在一旁守護，很難。」

千裔露出意味不明的微笑。

「千裔，雖然我們是姊妹，但有時候我也弄不清妳的想法。」

我凝視千裔，她抬起頭，和我四目相接。

「人本來就無法完全了解另一個人，有時候連我也不了解自己。」千裔把乳液放到床頭櫃上。

「也是。」我把靠枕放回原位，站了起來，「晚安。」

「晚安。」千裔又笑了。

我回到房間，從書櫃上抽出那本早被我翻爛的《天鵝湖》繪本。

王子被惡魔女兒所假扮的白天鵝公主所騙，許下了相愛的誓言，而眞正的白天鵝公主傷心欲絕，投湖自盡，發現眞相的王子絕望地跟著跳進冰冷的湖水，這份眞愛感動了上天，因此破除詛咒，他們從此過著幸福快樂的日子。

翻至《天鵝湖》最後一頁，我的嘴角不由得微微勾起，童話故事裡的主角永遠都能擁有幸福快樂的結局，一點也不現實，反而是那些殘酷的過程才反映出眞正的現實面。

那些殘酷的過程，才是眞正的現實。

若這個故事發生在眞實世界中，就算王子隨著白天鵝死去，也不會改變任何事，黑天鵝可以名正言順繼承王子所有財產。更別說王子根本不可能會爲了白天鵝離開，而是會選擇留下來與黑天鵝在城堡中生活。

所以，當那個楚楚可憐、默默承受命運的白天鵝一點好處也沒有，就像我媽媽一樣，能得到什麼？

爸爸永遠不會知道媽媽的心情，而我也不打算告訴任何人。

用力闔上《天鵝湖》繪本，我拿起桌上的奇異筆直接在封面寫上——

寧當黑天鵝，奪得我想要的一切。

帶著這樣的祕密與信念，我始終在課業上保持第一名的成績，只要喜歡上了誰便使出渾身解數去爭取，就算對方有女朋友或喜歡的人，甚至是好友喜歡的人，我也會毫不猶豫出手。

我讓自己成爲最漂亮的女孩，維持穠纖合度的身材、保持儀容端正、練習姿態優美，並且閱讀大量書籍，不讓自己變成外表美麗卻言談空洞的花瓶。

從此，當旁人提起孟夕旖，時常一時半刻說不出評價好壞，我成爲了大家又愛又恨的黑天鵝。

第二章

江中大學位於市區，搭捷運、客運等大眾運輸工具都可抵達，十分便利。

江大立校三十多年，學校附近也因此繁榮興盛起來，甚至出現了一條學生街，街上各式商家應有盡有，吃的、喝的、用的、穿的一應俱全。

除了生活機能健全，江大附近有座不算高的山，被戲稱爲都市人的後花園。每逢花季，山上百花盛開，四面八方的觀光客蜂擁而至，大量人群會在花開時節沿著美麗的賞花步道漫步。

結合種種地域優勢，讓江大成爲眾多學生心目中理想的首選大學之一。

江中大學校園裡有座占地不小的湖，大概因爲那是江中大學裡的湖，不知道從什麼時候開始，學生們都把這座湖稱之爲「江湖」。

江湖的湖面上架著好幾座相通的木棧橋，可通往各學院。湖底鯉魚優遊，湖邊種著一圈樹木，當風颳起，樹葉冉冉落在湖面上，好不詩意。

樹蔭成群之處擺設了不少供人休息納涼的長椅，不少學生沒課的時候，都會來這裡打個盹或是與朋友閒聊。

「于念庭，妳不覺得自己太超過了一點嗎？」

被點名的圓臉女孩有著一雙無辜大眼，嘴角邊那顆小痣讓她笑起來有點小性感。

「什麼太超過了？」于念庭將頭髮勾到耳後，水靈的大眼睛眨了眨。

「還裝蒜？妳昨晚是不是和陳力諳去逛夜市？」

盛氣凌人逼問于念庭的女孩是侯乃宣，名字很中性，個性與打扮也挺中性，卻留著一頭和她氣質不符的長髮，甚至染成亞麻色，在盛夏中任長髮披散在身後，看起來很悶熱，令人煩躁。

「喔，我是和他去逛夜市沒錯，他約我的呀……怎麼了嗎？」于念庭不是不明白侯乃宣在氣什麼，只是故作不知。

「我說過我喜歡他，要妳們都別出手的！」侯乃宣邊說邊環視在場所有人一圈，目光在我身上多停留了幾秒。

我不當一回事，微微挑了挑眉，不回話，不做任何反應，只是將正在看的小說翻到下一頁。

「妳不有點反應的話，乃宣很可憐耶。」一頭染成銀灰色的長卷髮，配上全身晒成小麥色的肌膚，曲偲齊看起來就像剛從南洋熱帶國家回來一樣。

「她在乎的不是我，是于念庭。」我瞇起眼睛，「而且妳明明也是抱著看好戲的心態，裝什麼好人？」

曲偲齊姣好的身材在緊身上衣的包裹下展露無疑，她聳聳肩，甩了甩頭髮，朝侯乃宣喊：「什麼時代了，妳還抱持先說先贏的想法呀？」

「話不是這樣說，不搶姊妹喜歡的對象，不是一般人都會有的共識嗎？」侯乃宣氣呼呼地走到我旁邊的椅子坐下，她的頭髮不知道是不是好幾天沒洗，在陽光下看起來油膩得要黏在一起了。

「這不一定吧？」曲偲齊嗤之以鼻，眼睛朝我看了過來，像是要尋求認同。

我闔上小說，看著侯乃宣認眞說：「妳要不要把頭髮剪短，然後染黑？」

三人先是一陣靜默，然後于念庭率先發出爆笑聲，曲偲齊也跟著搖頭微笑，只有侯乃宣仍處於狀況外。

「什麼啦，爲什麼講到我的頭髮？」

「妳根本不適合留這種髮型，看起來很台，我早就想講了。」于念庭依舊眨著那雙無辜的大眼睛，「沒想到夕旖的嘴巴這麼壞。」

「妳這種裝無辜的女人才最可怕，哪天被妳捅一刀都不知道。」曲偲齊伸了個懶腰，露出結實小腹上的蝴蝶刺青，肚臍上還有個發亮的臍環。

「我倒覺得妳這種擁有魔鬼身材的女人更要小心提防，哪個男人可以抵擋妳的肉體誘惑？」我注視曲偲齊那渾圓豐滿的胸部，感嘆老天爺眞是不公平。

「別再互誇了好嗎？妳們一個是洋派性感尤物，另一個是韓系清純鄰家女孩，還有一個是日系森林美少女，我呢？鄉下種田的農家孩子，連名字都很不女性！」侯乃宣一口氣說完這段話，我們三個再次爆出笑聲。

「沒想到妳這麼會誇獎人呀！」于念庭呵呵笑著。

「所以乃宣呀，要是妳喜歡的男生喜歡上我們，妳也怨不得人。」曲偲齊站起來拍拍她的肩膀，朝江湖上的木棧道走去，「感情要靠自己爭取，如果需要別人讓來讓去，那還叫愛情嗎？」

「是呀，力諳約我，我想去就去，不會因為妳而拒絕，妳想和他出去不會自己約他嗎？」于念庭也站起來往木棧道走，不忘撐起白色的小洋傘。

「欸，哪有這樣，跟妳們比，我明顯居於弱勢，就不能讓我一些？妳們又不缺人追！」侯乃宣終於將她的頭髮束成馬尾，表情不是很服氣。

我把小說收入側背包裡，起身前不忘理順自己的瀏海，「乃宣，妳把頭髮剪一剪，外型看起來絕對會比現在亮眼許多。」

「但是雜誌上說這是男生最喜歡的顏色。」她仍不死心。

「每個人都有適合自己的髮型和裝扮，適合雜誌model的不見得可以套用在妳身上。」我搖頭，掠過她先行踏上木棧道。

「好啦，我會考慮一下啦。」她從後面追上來。

我們四個人走在橫跨江湖上的木棧道。今天天氣很好，澄澈的湖面清楚映出我們的身影，我突然發現今日竟如此巧合，我們都穿著淡色系服裝，湖面上的倒影看起來就像是一群白天鵝。

這個念頭讓我暗自會心一笑，在這群白天鵝之中，是否隱藏著黑天鵝呢？

「夕旖，所以力諳眞的喜歡念庭嗎？」侯乃宣在我身後輕聲問。

「我怎麼會知道？」我抿脣微笑。

「我還是希望如果眞的是這樣，念庭可以老實告訴我，不要騙我。」她有些沮喪，越過我朝前方走去。

我望著她的背影，不置可否。此時放在口袋的手機忽然傳來震動，拿出來一瞥，是陳力諳傳來的訊息。

「夕旖，妳何時會答覆我呢？」

我瞇起眼睛，前方的三個人絲毫沒發現我停下腳步，我滑開手機，迅速回傳訊息。

「我答覆過了，我並不喜歡你。」

然後將手機收回口袋。

我不打算告訴她們這件事。

在一群白天鵝之中，若一定有隻黑天鵝，那也必定是我。

「妳們四個遲到了。」一進教室，臺上的老教授推了推眼鏡，面露不悅。

「學校太大了，走過來花了一點時間。」曲偲齊笑了聲，大步往空位走去。

「真的很抱歉，教授。」于念庭則雙手合掌放在臉前，一臉無辜地道完歉，才轉身往其他空位走去。

侯乃宣沒多說什麼，直接坐在陳力諳附近的空位。

我的目光跟著侯乃宣的背影看過去，正巧和陳力諳對上眼，他連忙撇過頭，我則面無表情往後方走去，隨便選了個空位坐下。

「就算是大學生，也要遵守學生的本分，成年了就更該注意基本禮儀……」老教授開始碎碎念。

不論到了哪個求學階段，永遠都有這種類型的老師。

永遠擔憂著我們的未來，永遠覺得我們不夠努力。

我瞄向窗外的藍天白雲，隱約察覺到有一雙眼睛注視著我。

「幹麼？」我扭頭瞪向坐在旁邊的男生。

「不要遲到好不好，會影響到大家上課。」他嘖了聲，緊皺的眉頭好似我造成他的困擾一樣。

「不是只有我遲到，還有另外三個人。」我勾起一邊嘴角。

「另外三個坐得離我太遠，跟妳講最快。」他的眉毛皺得更誇張了。

我注意到他濃密的右眉中間有一小塊疤痕，導致那處長不出眉毛。

「你什麼時候這麼認眞上課了，李東揚？」如果我沒記錯，這小子前兩天還晚進教室二十分鐘，前一陣子還曾經帶著宿醉來上課。

所以這樣的人現在跟我說不要遲到，打死我也不信他是認眞的。

他冷眼看著我，像要從我的表情解讀我心裡是怎麼想的，忽然，他露出帶有幾分敷衍意味的微笑，「因爲我開心。」

「你有病嗎？」

「我覺得這樣很有趣。」他噗嗤一聲笑了出來，輕抬下巴指向站在講臺上的老教授，「她囉嗦起來的時候，整張臉都會皺在一起。」

「所以是誰壞心？」

他不理會我的反問，裝作很專心地盯著黑板。

「李東揚。」我叫了他一聲。

他的眉毛微微動了下，沒有回應我。

「李、東、揚。」我刻意字正腔圓地再次喚他。

他皺眉朝我轉過頭來，有著傷疤的右眉格外顯眼。

「幹什麼?」

「誰准你在跟我講話的時候，自己講完就算結束了，要結束話題也該由我來結束。」說完我便把目光轉向黑板。

「呵。」李東揚輕笑了一聲。

李東揚大概是我們班最受歡迎的風雲人物。大學和國高中不一樣，說是風雲人物，也不見得所有人都喜歡李東揚，只是在不知不覺中，他儼然成爲系上的代表。

提起英文系，大家第一個想到的就是李東揚。

他也沒做過什麼特別的事，只是比較活躍一點，認識的人多一些，時常和別系的人一同出遊或是吃飯，本身帶點頗受女生歡迎的痞氣，加上長相還不錯，身高也夠高，才會引人注目。

我和李東揚安靜了好一陣子，各自專注於教授口沫橫飛的解說，以及寫在黑板上的註記文字。

只是聽著聽著，我的視線不禁逐一掃過我那群朋友。

曲偲齊明目張膽戴著耳機，時不時輕輕晃動著頭，顯然沉浸在音樂之中，她成績向來不錯，就算被教授點起來回答問題，也能應答如流，久而久之，教授也懶得管她在課堂上的出格行爲。

于念庭桌上放了一面鏡子，時不時對著鏡子檢視臉上的妝容，她的手機也放在桌上，方便她隨時自拍。每堂課她大概可以拍五十餘張自拍照，如果一整天滿堂，便有四百多張照片，加上下課拍的那些，五百張都不是問題。

她在臉書上開了本相簿，取名叫「念庭寶貝」，裡頭放滿了她的自拍照，按讚數很高，但就我看來，每張都是一號表情。

侯乃宣就不用說了，一直在偷瞄陳力諳，連我從後面看都這麼明顯，陳力諳本人一定也有發現。

我實在不懂侯乃宣喜歡陳力諳哪裡，他長得不高，不特別帥，個性也沒有什麼突出之處，就像是路邊隨處可見的雜草。

這樣的形容或許太過分，但陳力諳真的是路人一枚。

人之所以會喜歡上另一個人的原因，還真是匪夷所思。

「呵。」李東揚又笑了一聲。

我瞥了他一眼，注意到那不懷好意的笑容，真令人不舒服。

「笑屁？」

「欸，妳怎麼看待這段關係？」李東揚低聲說。

「什麼關係？」

他轉向我，臉上露出「妳少裝了」的表情，眼睛瞟向陳力諳，隨即又轉往侯乃宣，瞇起眼睛說：「這段關係。」

聽到他的話，換我瞇起眼睛。如果沒記錯，這男人是大魔王摩羯座，城府深得很，誰知道他是不是故意套我話。

「什麼關係？」我再次重複問句。想從我嘴裡套話，門都沒有。

他揚起微笑，西曬的夕陽從窗外照進來，空氣中漂浮的塵埃在橘黃色的光束裡清晰可見，他的笑容也因為逆光的緣故，看起來分外溫柔。

不過我很清楚，這樣的溫柔只是假象。

李東揚只是抱持著看好戲的心態在追問這件事。

「別裝蒜了，孟夕旖，妳明明就跟我一樣。」他低語，將身體靠向我一些，「只想看看事情會怎麼發展。」

我挑眉。

「想看看事情的發展能多糟糕？或者說，還能多糟糕？」他帶著玩味的眼神掃視著我，「我想妳也沒告訴那票朋友吧。」

「我聽不懂你在說什麼。」我將視線轉回黑板，下課鐘聲適時響起。

「孟夕旖，妳挺難纏的。」李東揚笑了笑，拿起課本站起來。

「你比較難纏。」我抬頭看他。

「東揚，下堂課教室在哪裡？」陳力諳刻意跑到我們座位前插話，還偷瞄了我一眼。

「我們下堂課不一樣吧。」李東揚這大魔王一定早就察覺到問句背後的用意，卻故意這麼說。

「我知道啦！」陳力諳顯得有些困窘。

「夕旖，妳等一下還有課嗎？」侯乃宣也是個跟屁蟲，特意來到我旁邊，眼睛理所當然地偷覷陳力諳。

「我有選修課。」與李東揚相比，我人還算好心，沒當面讓侯乃宣難堪。

收拾好課本，我迅速起身，頭也不回地往教室後門走，侯乃宣沒跟上來，倒是曲偲齊正巧從前門出來，和我對眼後，她抬手指向走廊另一邊。

於是我跟著她往另一邊走去，來到教學大樓外，她隨意找了一處長椅坐下。

「我等一下的通識課教室在隔壁棟，先過去了。」

「等一下，我有話跟妳說。」曲偲齊笑了笑，拍拍椅子，示意我過去一起坐。

反正那堂通識課的老師從來沒有準時進教室，所以我停下腳步，等著聽她想說些什麼，卻不打算坐下。

「怎麼了？」我問。

「侯乃宣喜歡陳力諳這件事，她是認眞的嗎？」她從包包裡找出口香糖，吃了一顆並遞給我，我搖頭表示不要。

「認眞的吧。」

「那陳力諳喜歡妳這件事，妳怎麼不說？」

我微微瞠大眼睛，望著曲偲齊露出滿足的笑容，我隨即勾起微笑，「我不知道這件事。」

「少裝蒜了！」她擺擺手，說出這句話的語氣和剛才的李東揚好相像。

「說了沒有意義。」我聳聳肩，決定不與她打啞謎。被套話是一回事，人家心中都有明確的答案了，自己還硬要裝傻又是另一回事。

「妳覺得乃宣會不諒解妳？」曲偲齊吹了個不大不小的泡泡，咬破後又繼續嚼著。

「單純覺得沒有意義。」畢竟連陳力諳私下找于念庭出去，侯乃宣都沒怎麼生氣了。

因爲如果眞的生氣，她就不會這麼直接了當說出來。

「呵。」曲偲齊笑了聲，彈了一記響亮的手指，「我答對了，兩百塊。」

我不明所以，便暫不作聲，只見于念庭嘟著嘴從教學大樓裡走了出來。

「討厭欸，我還以爲是因爲夕旖也喜歡陳力諳，所以才不說。」于念庭邊碎碎念，邊從皮包掏出兩張百元鈔。

曲偲齊一把抽走，彈了下鈔票，賊笑著說：「要是夕旖喜歡陳力諳，她的反應絕對不是這樣。」

「不然她會怎樣？」于念庭好奇地問。

「夕旖會光明正大地搶。」曲偲齊對我眨眼。

「所以兩位小姐，妳們是拿我的反應來打賭嗎？」我有些不高興。

于念庭又擺出那種人畜無害的神態，眨巴著大眼睛，一臉無辜。

「不要用那種眼神看我，我不是男生，這招對我沒用。」我不耐地擺擺手。

于念庭馬上挑眉，唇角微微勾起，神情有幾分魅惑，「嘿，那就算了。」

「所以是怎樣？妳們為什麼會拿這件事打賭？」我朝教學大樓走廊的方向看去，侯乃宣和李東揚、陳力諳還站在教室門口說話，沒注意到我們這邊。

「妳以為陳力諳真的是約我出去逛夜市搞曖昧嗎？」于念庭抬起下巴，在曲偲齊旁邊坐下，「他知道乃宣的心思，也無法招架偲齊的嗆辣，所以他想要商談有關妳的事，當然只能找最無害的我嘍。」

話說完，她還配合地眨了眨大眼睛。

「他找妳商量他喜歡我的事？」眞是夠了，陳力諳有夠白痴。

所以說，男人永遠看不透女人眞正的模樣，看似最無害的念庭，才是嘴巴最大的女人！

「我當下眞是驚訝呀，孟夕旖，陳力諳說他已經跟妳告白了好一陣子，卻始終沒收到妳的答覆。這件事妳為什麼沒跟我們說？」于念庭露出不懷好意的笑容。

「念庭告訴我之後，我猜妳只是覺得沒有必要講，念庭卻認定是因爲妳也喜歡陳力諳，卻介意乃宣的感受，才有了那場打賭。」曲偲齊再次彈了彈手上的兩張鈔票。

我不禁覺得方才還想著什麼白天鵝、黑天鵝的自己有些可笑，看來我們這群其實都是不好惹的黑天鵝吧，只有侯乃宣是誤入叢林的鴨子。

「反正我已經拒絕他了，也沒什麼好說的。」我看了一下手錶，「我要去上課了。」

「嗯，希望以後不要再有這樣的事發生。」于念庭對我笑了笑。

「這句應該是我的臺詞。」我也回以微笑。

「我覺得沒差。」曲偲齊把兩百塊隨意塞進熱褲口袋。

「那是因爲對象是乃宣，如果今天換成是妳，難道妳能接受夕旖這麼做？」于念庭揚了揚眉。

「可是妳和陳力諳私下出去，又隱瞞陳力諳喜歡夕旖的事，這對乃宣來說不也是一種傷害？」曲偲齊不甘示弱地回嘴。

「哇，我想我們誰都沒有資格說對方，妳還贏了兩百欸。」于念庭非但沒有被堵得說不出話來，還別有用意地笑了。

「如果因爲這一點小事就受影響或進展不順，那這份愛情更無法經歷其他現實的磨練吧？」曲偲齊勾起美麗的紅唇，微風吹過，那頭銀灰色的長卷髮隨之飄動，看起來美豔動人。

「我眞的要去上課了，不然會遲到。」我晃了晃手中的課本。

「孟夕旖，妳還眞是認眞，像妳這麼認眞的大學生不多見了。」于念庭說。

「不論怎樣，能當第一名總是比較好吧。」我朝她們揮手，轉身離開。

在經過江湖上的木棧道時，一群鳥兒從湖面上飛過，牠們身上的羽毛全是白色的。

「孟夕旖！」

我一踏進選修教室，馬上聽見有人喊我的名字。

「怎麼回事？」我環顧依舊鬧哄哄的教室，發現今天來上課的學生比往常多，我找了個空位坐下。

「老師臨時請假，等一下會有代課老師過來。」喊我名字的那個男生是車承稷，他身上穿著一件非常花俏的紅色襯衫。

「代課老師要教什麼？」

這堂選修課是繪本製作，像車承稷這樣的男生會選這門多半是女生才會有興趣的課，我還挺意外的。還是這就是他的目的？想藉此認識更多女生。

「一樣呀，就是畫畫。」他理所當然地拉開我旁邊的椅子。

我瞥了他一眼，他逕自坐下。

「反正上禮拜老師已經稍微解說過繪本該怎麼裝訂，接下來只要畫好每一張圖就可以了。」車承稷對我露齒一笑。

「你朋友今天沒一起來？」我記得平常有個女生會與他結伴上課。

「她今天請假，怎麼了，妳很在意她嗎？」

「我在意她幹麼？」

「隨口問問嘍。」他聳聳肩，臉上的微笑很討人厭。

「我也只是基於同修一門課才隨口問問，你不要想太多。」我翻了個白眼，手機正巧傳來訊息提示音，我滑開螢幕看了一眼。

「夕旖，晚上要一起吃飯嗎？」

是尚閔傳來的，我想了一下，回覆訊息，答應了他的邀約。關掉手機後，注意到車承稷鏡片後方的雙眼正盯著我的螢幕。

「誰傳來的呀？」

我都還沒質問他幹麼偷看，他還敢追問。

「男朋友？」他又問。

「不關你的事吧。」我皮笑肉不笑。

「好奇呀！」他笑得很開心。

「不用好奇這種無聊的事。」我頓了頓，又說：「我對你沒興趣。」

「現在沒興趣，也許以後會有興趣啊。」他似乎一點也不在意，「就好像我現在對妳有興趣，也許以後就對妳沒興趣啦。」

「你這個人講話眞是討厭。」我哈了一聲，「所以那個跟著你一起來上課的女生和你是什麼關係，叫什麼名字？」

「林虹。」他臉上的笑意絲毫未減。

「嗯，林虹，難道她也是你以前有興趣，然後現在沒興趣的對象嗎？」

「我和她一起來上課，不代表我和她就是這樣的關係呀。」他又笑了。

「一男一女結伴選修一門課，難免會讓人有其他聯想，況且還是這種多半只有女生才感興趣的課程，想必你是陪她來上課的吧？」

「怎麼不說是我很有興趣，而林虹跟著我來呢？」車承稷聳肩。

「我懶得跟你爭辯了，反正沒有意義。」我從包包裡拿出色鉛筆。

此時，代課老師抱著一疊繪畫材料進到教室，吆喝前排學生把紙張與厚紙板發下去。

「你們英文系的女生都像妳這麼有個性嗎？早知道我也選英文系了。」他這話說得很言不由衷。

就像說到英文系，大家都會想到李東揚一樣，說到資工系，大家第一個聯想到的人是車承稷。

他的成績向來優異，有著與外表不符的聰明腦袋，現在已經不是成績好的人就一定是書呆子的時代了，會玩又會念書的大有人在。

對於他這段話，我裝作沒有聽見，拿到畫紙後，開始構思故事內容，邊在空白的紙上打草稿。手機再次傳來訊息提示音，這次是之杏。

「尚閎說妳晚上會回家吃飯，那晚飯妳做。」

這兩個人是怎麼回事，幹麼不透過我們四姊弟的群組傳訊息？

遙想當年之杏多麼排斥尚閎來到我們家，如今她和尚閎卻是最親密的，大概是因爲他們年齡相近，又在同一間學校念書的關係吧。

這樣也好，我和千裔是屬於自己能打理好個人生活的類型，而之杏不一樣，她很需要別人陪伴，這樣的她隨著年齡增長，一定會不時感到寂寞，而尚閎的出現，正好陪伴之杏度過成長的孤獨。

這麼一想，我突然靈光一閃，把原本構思的故事全部推翻，決定改以我們四姊弟作爲主角。

在畫紙的第一頁，我畫下一座漂亮的城堡，城堡前站著三個穿著華貴的公主，她們旁邊則站著一個裝扮樸素的男孩。

下一頁，公主們拉著男孩進到城堡，將他打扮成王子的模樣，不讓他離開。

這座城堡裡沒有國王也沒有皇后，只有三個公主以及這個不知道從哪裡冒出來的王子。

相較於其他童話，這個故事的情節起伏顯得平淡許多，沒有愛情元素，沒有壞心眼的角色，也沒有什麼奇特的遭遇。

故事只是敘述四位主角在成長過程中一起經歷了種種日常小事，那些日常成就了彼此。

這題材我畫得得心應手，很快就完成了。我真心喜歡尚閎這個沒有血緣關係的弟弟，所以很滿意這個以我們姊弟爲藍本的故事。

接下來只要做好封面，就可以連同那疊已經完稿的單張插圖，一起送到地下室的影印室進行裝訂。

封面的製作不難，我將一張淺藍色的紙黏貼在厚紙板上，並用色紙拼貼出一座城堡。等手上的忙碌告一段落後，我抬頭看了眼從剛才就很安靜的車承稷。

「爲什麼不畫原本的故事？」他逕自拿起我原先的故事草稿。

「還我。」我伸手。

「原本的故事很黑暗，我覺得挺不錯的。」他把手上的草稿還給我，又搶去我畫好的成品翻了幾頁，「這個太溫馨了吧，不特別。」

「不關你的事，還給我。」

「原本的故事也是以四個人爲主角，但最後一個個都死了，這樣的題材比較特別吧。」車承稷聳肩，把那疊畫稿還給我，「而且最後站在屍體上的那個人是變成烏鴉了嗎？」

「什麼烏鴉，是黑天鵝。」我皺眉嘖了聲，「我看看你畫了什麼。」

見我搶走他放在桌面的畫紙，他毫不在意，只是喃喃沉思：「黑天鵝，是指那齣芭蕾舞劇嗎？劇情有這麼黑暗？」

「因爲這齣劇碼源自於童話，所以才會有王子的角色，要是在現實裡，哪來的王子？」我哼了聲，定睛朝他的畫作一看，霎時不由得怔住。

每一張紙上全是滿滿的花朵，畫風雖稱不上非常精緻，卻繽紛美麗，花朵的樣式甚至沒有重複。我翻過書封一看，書名寫著：花園。

「看不出來你這麼會畫畫。」

「所以確實很有可能是因爲我對這堂課有興趣，林虹只是陪我來的對吧！」他笑了笑，將畫紙排放整齊，「走吧，不是要去裝訂？」

「還沒下課。」我指著手錶，還有十五分鐘。

「反正我們都畫完了，應該可以提早過去裝訂吧。」說完，他走到前面詢問代課老師，而老師也同意了。

「畫完的人可以先過去裝訂，下禮拜再把完成的繪本交給你們老師就好。」

結果班上已經完成的人居然只有我和車承稷，所以變成我和他結伴前去地下室裝訂，但也無所謂。我把桌面收拾乾淨後，背起包包，與車承稷走出教室。

途中經過二樓走廊，瞥見陳力諳與李東揚坐在二樓露臺聊天，他們明明說過接下來都有課，現在卻光明正大地在這裡蹺課。

李東揚正巧抬頭看見了我，勾起脣角朝我吆喝：「孟夕旖，蹺課約會？」

他的話讓原本背對著我的陳力諳一愣，立刻轉過頭來，眼神警戒地在車承稷身上打量。

「有病嗎？」我懶得解釋，繼續往樓梯下走。

但車承稷卻停下腳步，我不解地看向他。

「妳和李東揚感情很好嗎？」

「從我和他剛才的互動方式看起來，我們感情很好嗎？」我失笑。

「但我覺得他好像對妳很特別。」

「哪裡特別？」

「從他和妳打招呼的方式看起來。」

「這種打招呼方式就叫感情好的話，那我和系上教授的感情更好。」我忍不住翻了個白眼，「況且，你問這個做什麼？我知道很多女生對李東揚感興趣，難不成你也對他有興趣？」

「我和他是王不見王。」他笑了笑，邁開步伐走到我身旁，「走吧。」

「你也有病嗎？」我說。

「不是有病，這叫有危機意識。」

我們兩個走到地下室，將手上的作品交給工作人員之後，對方說大概要等十五分鐘左右才能取件，因此車承稷提議到一樓的便利商店坐一會兒。

我看了下手錶，反正沒課了，在學校多待一下也沒關係，便點頭答應。拿出手機，點開群組傳訊息給之杏，表明別想要我做晚餐，讓她跟尚閎自己想辦法。

「妳比我們這些高中生早下課，爲什麼不是妳來準備！」

之杏迅速回應，看來這小妮子上課不專心，一直在玩手機。

「我今天不回去吃。」

一句話簡短回應的是千裔。

目前已讀人數只有二，想必尚閎正專心上課吧。

「妳在跟誰傳訊息？」車承稷拿了兩瓶茶飲過來，在旁邊的椅子坐下。

「家人。」我下意識回應，接著又說：「關你什麼事，你很愛問。」

「如果是我好奇的事，就會想問出答案。」車承稷把一瓶飲料推過來給我，「總比自己亂猜好吧？」

「別人也許不想告訴你答案。」我扭開瓶蓋，喝了一口。

從這個角度正巧可以看見波光粼粼的江湖，零星的學生走在木棧道上，幾對情侶沿著湖畔漫步，數隻麻雀從空中飛過，有些水鳥則停佇在湖邊嬉戲。

「所以才要問呀，問了也許得不到答案，但不問一定得不到答案。」車承稷也喝了口茶。

「你就沒想過在旁邊慢慢觀察，或是自己找尋答案嗎？」

「自己找到的不見得是正確的答案。」

我指了指眼睛，「眼見爲憑，相信自己的眼睛。」

「眼睛看見的事物不見得是眞實的，例如有些風評很好的人其實私下很差勁。孟夕旖，原來妳這麼可愛喔？」

就算有不知道的事，何必一定要問出口？睜大眼睛、耳聽四方，仔細留心觀察，最後一樣能得到答案。

「開口詢問，是最笨的方式。」我瞇眼。

「不，那才是最聰明的。」車承稷脣角勾起，「因爲妳聽完答案之後，可以選擇要不要相信。」

「我怎麼知道對方說的是不是眞的？」

「那就要靠妳的智慧來判斷嘍。」車承稷往後靠在椅背上，「以及妳有多相信對方。」

車承稷的說法挺新鮮的，對此我既不否定也不贊同。

我們靜靜凝視在陽光下波光閃閃的湖水，蟬鳴與鳥叫聲不絕於耳，待時間差不多後，才起身回地下室拿取繪本。

經過一樓中庭時，我聽見頭頂上方傳來一陣輕笑聲，抬頭望去，李東揚和陳力諳從二樓的欄杆邊探出頭來看我們。

李東揚對我揮了揮手，站在一旁的陳力諳笑容尷尬。

「你們很閒？」我沒好氣地說，巧遇的頻率也太高了吧。

「算是吧，人生能有幾回如此清閒呢。」李東揚笑了笑，縮回欄杆內，陳力諳多看了我兩眼，沒有回話。

來到地下室取回裝訂好的繪本，我翻了幾頁，不由得有些開心，決定把繪本帶回家給尙閎和之杏看。

車承稷朝我伸手。

「幹麼？」

「交換看呀。」他晃了晃手中的繪本。

「剛才在教室不是看過了嗎？」

「成品不一樣。」他不等我答應，逕自抽走我拿在手上的繪本，再把他的作品塞進我手裡。

我聳了聳肩，沒說什麼，翻開他的繪本。

經過裝訂，感覺還眞的不一樣了，像是一本眞正的書。

我一頁頁翻看，繪本裡的花朵相當細緻美麗，看不出來是出自男生之手。

故事內容是講述旅人在花園中尋找花之妖精，妖精告訴旅人花園裡最美的那朵花被人搶走，於是旅人幫忙找回那朵花，最後與妖精在花園裡過著幸福快樂的生活。

出乎我意料，這個故事居然充滿童話的浪漫。

看完以後，我把繪本還給車承稷，車承稷也把我的繪本還給我。

「根據妳的故事……」

「怎麼？有意見？」我邊說邊把繪本放到背包中。

「那樣的故事，通常結局不應該是外來的王子和其中一位公主結婚，然後一起治理王國嗎？」

我挑起一邊的眉毛，「王子和那三個公主是一家人，他們是姊弟，不能結婚。」

「但是彼此之間沒有血緣關係，依照故事走向，我說的結局很合理。」

我思索了一下，翻開繪本最後一頁，沉吟道：「那樣的結局的確比較像是童話故事。」

但我畫的是現實。

「什麼事都沒有發生，大家和樂融融才是童話。」車承稷笑著說完，話題突然一轉，「妳和李東揚旁邊那個男的有發生什麼事嗎？」

我淡淡睨了他一眼，「車承稷，你不覺得你管太多了嗎？」

「我有疑問就會問。」他聳肩，這時手機傳來訊息提示音，他從口袋掏出一看，輕輕皺了皺眉，迅速把手機收回口袋。

「不回訊息？」

「廣告簡訊。」他隨口說。

一聽就知道是謊話。

「我要回去了，拜拜。」無所謂，反正我也不在意。

「嗯，再見。」

與他告別，步上樓梯轉角時，我下意識朝他瞥去，他正拿著手機輸入訊息。

爲什麼要對我說謊？還是說謊其實是男人的習慣？

第三章

「夕旖！那是我的！」之杏從客廳跑過來，嘴裡哇哇大叫。

「這不是尚閎買的嗎？怎麼會是妳的？」我立刻高舉手中的泡芙，個頭比我矮幾公分的之杏雖然不至於搶不到，卻不敢硬搶。

「我有買……大家的份。」尚閎一邊洗碗一邊斟酌措辭。

這孩子在我們家生活了七年，已經懂得如何圓滑地說話，才不會得罪我們姊妹其中一人。

「夕旖剛才已經吃過一個了，她現在吃的是我的份！」之杏指著我的鼻子對尚閎告狀。

「奇怪了，我吃的也可能是千裔的份啊！」我故意這麼說，視線掃過盒子，裡面的泡芙還剩下四個。

「不可能，妳絕對不會偷吃千裔的東西，爸媽的妳也不會吃，所以妳吃的就是我的泡芙！」之杏像個小孩一樣吵鬧不休。

「既然妳說我吃的是妳的份，那就是這樣。」我張大嘴，一口氣把已經咬了一半的泡芙送進嘴裡，「怎麼樣？妳也可以吃掉尚閎的啊。」

說完，我故意舔舔手指，轉身往客廳走去。

「妳！」之杏氣呼呼地轉過頭，雙手叉腰對尙閎喊：「這都是你的錯，所以我要吃掉你的泡芙！」

「好呀，我不介意。」尙閎傻呼呼地笑。

「你沒意見？」之杏說。

「沒關係，妳想吃就吃吧。」

之杏果然拿著一顆泡芙來到客廳，還對我冷哼了一聲。

我不以爲意，逕自拿起遙控器打開電視，直到尙閎端著切好的水果走來，我才想起要拿繪本給他們看。於是我起身到房裡拿了繪本，回到客廳，之杏已經把電視切換到她要看的頻道，還把遙控器藏起來。這個妹妹感覺一點都沒有長大。

「這是我通識課完成的作業，你們看看。」我說。

「感覺大學眞有趣，可以選修很多不同領域的課程。」尙閎挺有興趣。

他成績很好，就算以後要考進江大也絕非難事。

「什麼課要畫畫？」之杏也湊了過來，我瞥見遙控器被藏在她原本坐著的沙發縫隙中。

一起看完繪本之後，之杏驚呼：「這根本就是在畫我們啊！妳都幾歲了還把這個畫進去，不害臊啊？」

雖然之杏說話一貫很欠揍，但她看起來很開心，而尚閎的雙頰則浮現一絲可疑的紅潤。我忍不住微微一笑。嗯，我們姊弟就是這麼肉麻。

爸媽感情已經不好了，要是連我們姊弟之間感情也不好，不是很可悲嗎？

既然如此，讓彼此知道心中的愛，又有何不可呢？

我忽然想起車承稷對於結局的建議，於是笑著把這件事告訴他們兩個。

尚閎跟著我一起笑，之杏卻臉色一僵。

「妳幹麼？」我拿起叉子叉了一塊蘋果放進嘴裡。

「沒有，我只是覺得妳同學挺有創意的，哈哈。」之杏像突然回過神似地笑了兩聲，神態詭異而不自然。

「妳也覺得他建議的結局比較……」

「我要去洗澡了！」沒等我把話說完，之杏便跳起來往浴室方向去。

「她幹麼？腦袋秀逗？」我一頭霧水地問尚閎。

「她一直都這樣。」尚閎聳肩，也叉起一塊蘋果，「夕旖，妳要看其他台嗎？」

我把遙控器從沙發縫隙裡取出，遞過去給他，「不了，你要看嗎？」

「沒什麼特別想看的，不然就看之杏本來要看的這台吧。」

於是我們兩個坐在客廳一邊吃水果，一邊看著卡通頻道。

然而電視播了什麼我並沒看進眼裡，只是想著之杏詭異的神態，以及車承稷說的那個結局，腦中浮現一個念頭。

是呀，我怎麼沒有想過這樣的可能性呢？之杏那個小女生的心思，我竟然此刻才發現，千裔或許早就看出來了吧？那尚閎呢？

「喂，你有女朋友嗎？」我忽然開口。

「啊？當然沒有。」尚閎像被這突如其來的問題給嚇了一跳。

「不是因爲你是我弟我才這麼說，你算帥哥耶，怎麼可能沒有？」我瞇著眼睛打量他。

尚閎小時候長得胖嘟嘟的，大概是之杏嫌他胖的關係，來到我們家沒多久，他開始刻意減少食量，適逢成長期，個子一下子抽高，身形也跟著變瘦，讓他搖身一變成了帥氣的韓國歐巴，我可不相信其他女生會放過這樣的他。

「是……」尚閎支支吾吾的，不擅長應對戀愛話題，但我可不會放過八卦的機會。

「快說！在姊姊面前不准隱瞞！」我立刻用力勾住他的脖子。

「好痛！夕旖！好痛！」

「當然會痛，我又沒有放輕力道，所以說不說？坦白從寬、抗拒從嚴喔！」

「好啦，我說啦！」尚閎終於妥協在暴力之下，我馬上放開他，只見他頂著一頭亂髮，悶悶地說：「是有人跟我告白，可是我都沒有答應。」

「爲什麼？沒有喜歡的？」

他點頭，「而且之杏會不高興。」

這個答案算是意料之內，但又有點意外。

唉，果然是這樣嗎？之杏喜歡尙閎，那尙閎呢？

「你覺得我的繪本，那個結局好嗎？」我指著放在桌上的繪本。

「很好呀，我很喜歡。」

「那如果結局改成王子和其中一個公主結婚呢？」

尙閎露出微笑，「我們是家人呢。」

好，答案很明白了。

「對，我們是家人。」我點點頭。

他話裡說的是「我們」，不是「他們」。

尙閎不傻，他太聰明，太會察言觀色，同時也太過壓抑。

他一直戴著面具和我們一起生活。

我摸摸他的頭，這是我身爲姊姊最大的溫柔，接受他所展現的所有姿態，不論眞實或虛假。

稍晚，我躺在床上快要睡著時，才聽到千裔開門回家的聲音，雖然想和她討論之杏的事卻沒有力氣。

不過事後想想，千裔一定早就知道了，她之所以沒有跟我說，表示她覺得這種事不需要說破，也沒什麼好討論的。

我們的之杏，注定失戀。

✦

今天十點才有課，但我七點就起床了。

當我刷完牙、換上洋裝之後，之杏才急急忙忙起床，大聲嚷嚷要尙閎等她。

「夕旖，妳今天早上有課？」早就準備好的尙閎背著書包，倚在我房間門邊問。

「十點才有課。」我邊說邊取出浸泡在蘆薈水裡的紙面膜，攤開敷在臉上，順便將電棒捲插上插頭。

「那妳那麼早起來幹麼？」穿好制服的之杏臉上有明顯的睡痕。

「妳身爲一個女人，準備出門的時間竟然只要十分鐘，不覺得自己太懶散了嗎？」

「哪會啊，我天生麗質。」之杏邊說邊偷瞄尙閎一眼。

「Coco Chanel曾說過，二十歲的面貌是上天給妳的，五十歲的面貌是妳給自己的。」

「所以？」之杏一臉不解。

「我在爲我五十歲的面貌做準備。」我指向之杏，「而妳，就用年輕當本錢，頂著這頭亂髮出門吧。」

之杏摸摸自己的頭髮，才哇的一聲鬼叫，邊衝去浴室，邊責怪尙閎怎麼不提醒她瀏海貼和鯊魚夾都還在頭上。

尙閎覺得很無辜，卻也不禁掩嘴大笑。

「對了，夕旖，我今天會帶朋友回來。」尙閎說。

「沈品睿？」

「對，妳怎麼知道？」

「你朋友多，但好朋友少。」我輕壓臉上的面膜，「沈品睿算是你很要好的朋友。」

我會這麼說，是因爲尙閎在高一那年曾和沈品睿一同蹺課。在我看來，這是他的壓抑得以釋放的瞬間。只是爸媽爲了這件事被老師找去學校懇談後，尙閎變得更乖巧了，再無任何踰矩行爲。我感到難過的同時，也有些慶幸，尙閎終於交到一個可以讓他展露眞實自我的朋友。

尙閎沒有否認我那句「你朋友多，但好朋友少」，聳聳肩，微微一笑，便和從浴室裡匆忙跑出來的之杏一起出門了。

吵鬧的之杏一離開，家裡頓時變得安靜，而我剛才刷牙的時候注意到千裔的房門依舊緊閉，她還在睡覺。

撕下面膜之後，我依序在臉上塗抹化妝水、乳液、凝露等保養品，接著擦上隔離霜及粉底液，畫好眉毛、眼影以及內眼線後，再上一層睫毛膏。

化好妝，正當我準備用電捲棒整理頭髮時，千裔打開房門，我瞄了下化妝臺上的小時鐘，剛好八點整。

「早安。」千裔穿著寬大的T恤，長髮隨意綁成馬尾。要說天生麗質，千裔當之無愧，就算脂粉未施，臉上的肌膚也如韓國女星般完美無瑕。

「千裔，妳最近都很晚回來。」

「最近事情比較多，妳有話要跟我說嗎？」

「原本有，但想一想又覺得不用了。」我把一綹頭髮夾進電捲棒中，先拉直再朝內捲起。

千裔的目光在我身上停留了一會兒，沒有多問，只是伸了個懶腰問道：「那妳要吃完早餐再出門嗎？」

「妳做我就吃。」

「好，那我做簡單的火腿雞蛋三明治。」

「沒問題。」我開心地說。

千裔移動到廚房，打開抽油煙機。

我忽然想起好久以前的某個午後，爸媽都不在家，當時約莫只有八歲的千裔，自告奮勇煎蛋給我們吃。

那時的我深信，世界上沒有什麼事情是千裔做不到的，千裔就是我的偶像。

之後千裔被媽媽教訓了一頓，畢竟她只是出門買瓶牛奶，回來卻發現我們在吃荷包蛋，嚇得連聲叮囑我們不准擅自進廚房，同時也訝異千裔居然早熟到這種地步。

「是媽媽對不起妳們。」媽媽抱著我們三個人顫聲說。

那時的千裔眼眶微微泛紅，年幼的我不能理解媽媽的道歉以及千裔的眼淚，如今回想一切才明白，很多事情早有蛛絲馬跡。

千裔身為長女，向來早熟，她所承受的一定比我更多，她早就知道媽媽其實愛著爸爸。

那她知道爸爸愛著別的女人嗎？

我想，她一定知道，因為當時爸媽要帶尚閎回來時，千裔也說了，她以為會是爸爸外遇生下的孩子。

看著鏡中妝容完美的自己，我不禁嘆氣，千裔還真是辛苦，不過即便生在這樣的家庭，我們都還是順利長大了。

我拎起包包，走出房間，立刻聞到食物的香氣，千裔已經坐在餐桌旁，桌上除了火腿雞蛋三明治，還有一杯鮮奶以及一盤沙拉。

「妳每天都這麼勤勞，打扮得漂漂亮亮的。」千裔吃著生菜沙拉，並在上頭澆淋優格。

「女人就該隨時隨地保持完美的狀態。」我輕輕撥了撥頭髮，「妳今天沒課？」

「下午才有課，不過我中午有約。」千裔喝了一口鮮奶，「我看見冰箱裡有泡芙，是尙閎買的嗎？」

「對，一人一個，剩下三個是妳和爸媽的。」我吃著三明治，暗想她眞是觀察入微，還好千裔不是我的朋友而是姊姊，不然我怎麼樣也比不過這個女人。

「我不吃了，晚點你們吃吧。」

「爲什麼不吃？」

「我在減肥，而且賞味期限只到今天，我想爸媽今天就算回來也晚了，還是你們吃掉吧。」

想想也是，所以我點了點頭，「昨天妳回家的時候，爸媽回來了嗎？」

「我注意到爸的鞋子在，書房的燈也亮著，但我沒去和他打招呼。」千裔打了個哈欠，「我太累了。」

「妳在累什麼？就算要考研究所，依妳的程度綽綽有餘吧。」我吃掉第二個三明治。

「人際關係。」

「蛤？」

「我要先去洗澡，妳吃完不用收，放著就好。」千裔站起來。

「千裔，妳說什麼人際關係？妳還好嗎？」我叫住她。

「朋友與朋友之間，以及男生與女生之間的關係。」千裔將馬尾拆下來，「小時候交朋友很簡單，長大後卻變得很複雜，妳不會有這樣的煩惱嗎？」

面對千裔的詢問，我有些吃驚，一時間不知道如何反應。

「算了，我想這些妳都能處理得很好。」千裔聳聳肩，轉身朝浴室走去，「當我沒說吧。」

沒料到千裔會有如此「尋常」的煩惱，我忽然覺得，在我心中高不可攀的千裔，其實只是一個普通的女孩。

九點多左右，我搭上捷運，由於離住家最近的捷運站是大站，上車永遠不會有座位，沒有人擠人就不錯了。我通常會站在兩個車廂的交接處附近，捧著一本書看。

過了轉乘站後，車廂裡的乘客會少很多，幸運的話這時候會有空位，但爲了維持身材，我通常選擇繼續站著。

「孟夕旖，妳搭捷運上課啊？」

熟悉的聲音從我頭頂落下。

我從書裡抬頭一看，李東揚笑嘻嘻地站在我面前。他身穿有奇怪圖案的黑色T恤，配上卡其色短褲，腳上則穿著潮牌拖鞋。

「你穿這樣去學校？」

「我穿這樣有什麼不好？倒是妳，每天都打扮得像要去參加宴會一樣。」李東揚做了個鬼臉。

「我穿這樣有什麼不好？你穿得那麼隨便才奇怪，像是去家裡附近便利商店買東西一樣。」我刻意學他說話。

「我的確是去家裡附近沒錯，我就住在學校附近。」

我一愣，「你不是通勤上學？」

「原來我們這麼不熟呀。」他搖搖頭，故作一副感慨樣，「我和陳力諳在學校附近租屋。」

「那你怎麼會在這裡？」

「剛去取貨，我訂的遊戲片到了。」他舉起手中的提袋晃了晃，「所以我今天可能會身體不舒服。」

這句話讓我翻了個白眼，「是誰之前因爲我晚進教室，就說什麼我影響上課，結果現在居然要蹺課？不是很認眞上課嗎？」

「我不是蹺課，是身體會不太舒服。」他故意咳了兩聲。

「我會跟老師說我有看見你，還會請陳力諳作證，看看你是裝病還是眞的不舒服。」

「欸，做人不要太過分喔。」李東揚挑起那帶著疤痕的眉毛。

「彼此彼此。」

捷運抵達江中大學那站，李東揚率先走出車門，我跟著步出，接著一路無語。他站在手扶梯右側，我本來考慮直接走左側快速通過，但想想作罷，便站在他後方。

李東揚往一號出口方向走去，那是離學校大門最近的出口。一路上，他始終沒有回頭跟我說話，這感覺真是奇怪，倒也不是說他一定要和我說話，但既然我們都在捷運上聊過幾句了，突然對我置之不理很奇怪吧。

算了，反正和他也不是很熟，硬是沒話找話聊也尷尬。

然而就在出了捷運站後，李東揚回過頭說：「我租屋處就在左邊，等我一下。」

「啊？」我一愣，「等你幹麼？」

「就是要等我啊。」他回答的語氣很理所當然。

「為什麼要等你？」我很是莫名其妙。

「我們不是要去學校嗎？遇到了不一起去不是很怪？」

他才奇怪吧！剛剛是誰不搭理我，自己走自己的？

「你不是說不去上課？」

「妳不是說要告狀？」他好笑地看著我。

「我站在這邊等你才詭異，我要先去學校了。」我不理會他，逕自離開。

「都遇到了，我順便載妳不是很好？」李東揚大喊。

我旋身，朝他扔去一枚白眼，「我才不要。」

「為什麼？」李東揚手插口袋。

「順便跟專程不一樣，我不需要順便。」

他挑了挑眉，表情變得玩味起來，「所以如果我是專程接送妳，就可以嘍？」

「那又是另一種情況，總之我要走了。」說完我旋即轉身就走。

「欸，孟夕旖，妳有夠小氣的欸。」李東揚在後頭嚷嚷。

我沒理他，過了馬路朝學校走去。

去學校的路上會經過一段路途不短的山坡路，許多學生總是抱怨這段山坡爬四年會讓小腿變粗，我覺得那只是他們為自己原本就不細的腿所找的藉口。我挺享受這段爬坡的時光，沿途微風徐徐，又可以欣賞風景，更重要的是，還能稍微運動一下，所以我擅自將這段山坡稱為「運動坡」。

坡爬到一半的時候，後方傳來機車引擎聲，這也沒什麼，很多學生選擇騎機車上山。

那輛機車突然在我旁邊停下來，雖然騎士的安全帽面罩沒有掀開，但從他的穿著，我馬上就認出是李東揚。

「幹麼？」我沒好氣地說。

「妳還眞的先走了呀。」他掀開面罩。

「我幹麼要等你？你有問題？」

「欸，妳上來，我有話跟妳說。」他拍拍機車後座，順便踢開了兩旁的踩腳柱。

「我不要，我喜歡走……」

話還沒說完，李東揚忽然伸手搶過我手上的提袋。

「你幹什麼啊！」我大喊。

附近的學生朝我們瞥來，瞄了一眼便又繼續前行。

「上來，我才把袋子還妳。」他逕自把紙袋掛在機車前方的掛勾。

「你是流氓啊！」

「雖然我眉毛上的傷痕確實是因爲打架才留下的，但我可沒走偏過，不是什麼流氓。還是第一次有女生說我像流氓。」他摸了摸自己的眉毛。

原來他眉毛上的疤痕是這樣來的，但此刻我根本不在意這個好嗎？

「還來喔。」我冷冷地說，目光停在紙袋上。

「就說妳上來。」他再次拍拍機車後座，「不上來也沒關係啦，這袋東西我就載走了。」

「袋子裡裝的都是圖書館借的書，你要載走就順便拿去還，我無所謂。」我抬起下巴。

「靠，孟夕旖，妳是獅子座對不對？有夠不服輸的！」他高呼。

「不要亂牽拖好嗎？說到不服輸，誰贏得過你？」況且我也不是獅子座。

「總之妳快上來。」見我不為所動，這流氓居然想伸手拉我，「快點，不然要遲到了。」

確實，這麼耗著不是辦法，想了想，也沒什麼大不了的，我故意非常用力地跳上他的後座。

「要爆胎了。」他機車地說，我當沒聽見。

我戴上他遞來的安全帽後，他催滿油門一路往上駛去，風在我耳邊吹過。

我不喜歡坐機車，因為安全帽會壓壞我精心打理的髮型，空氣裡的髒東西也會黏附在皮膚上，香水味道消散得快，還容易晒黑。

大多數的情侶都是騎機車去約會，覺得騎車時的那段路途是很美好的時光，然而此刻我的感想只有好熱，還一直聞到李東揚身上有股奇怪的味道。

「欸，陳力諳喜歡妳這件事……」他忽然開口，卻沒把話說完。

由於車速不快，所以他說的每個字我都聽得很清楚。

「我已經拒絕他了，你別講這麼大聲，旁邊走路的那些學生都會聽見。」這條通往學校的山坡路並不寬，且沿路都是我們學校的學生。

「他沒那麼有名，又沒人知道他是誰。」李東揚彷彿故意似的，更加放大音量，

「誰會知道英文系二A的陳力諳是哪位啊！」

「閉嘴！」我忍不住打了他的頭，「喂，你身上有股怪味道。」

「有嗎？」他低頭嗅一下衣袖。

「欸，不要低頭，很危險。」我立刻制止他。

抵達後門停車場，李東揚將車停至最裡頭的位置。我從機車後座下來，立刻伸手拿起掛在前方掛勾上的紙袋。

「我又不會偷妳的東西，倒是妳，安全帽要還我吧？」李東揚掀開機車座墊，把他的全罩安全帽收到裡頭，伸手要接過我的西瓜帽。

「你自己戴全罩安全帽，給別人戴西瓜帽，真是差別待遇。」我把帽子交給他，他掛上座墊旁的鉤子，壓下座墊。

「畢竟我很少載人呀。」說完他又聞了一下自己的衣服，忽然湊過來問：「妳說的怪味是這個嗎？」

他突如其來的親近讓我嚇了一跳，李東揚居然拉起他的T恤湊到我鼻子前，我立刻推開他。

「你幹什麼啦！」

「妳不是說有味道？」他低頭思索，「一定是昨天陳力諳拿他過期的香水在我房間亂噴的關係。」

我皺眉，的確像是香過頭的臭味，「他幹麼拿香水去你房間？」

「他說那是很貴的香水，一直沒用，結果放到過期了，覺得丟掉很浪費，所以就到處亂噴，搞得我們那棟宿舍全都是這股怪味，我鼻子聞到麻痺，沒有感覺了。」他邊說邊搧著衣服。

我們往停車場出口走，那邊有條通往人文學院的通道。

「這味道太噁了，等一下一定也會有人跟我說同樣的話。」我嘖了一聲。

「這都是陳力諳的錯！」李東揚故意做出齜牙咧嘴的表情。

「所以你到底要跟我說什麼？」

「哈哈哈，總之陳力諳昨天拿著過期的昂貴香水……」

「這剛才說過了！」我的耐心快要被他耗盡。

「急什麼，我還沒講完。」李東揚瞪我一眼，「後來整棟樓都被薰得香過頭，於是我們決定出去吃宵夜，然後陳力諳就提到妳的事。」

我瞇眼，「幹麼？」

「他雖然被妳拒絕了，但心中還是抱著最後一點希望。」他露出看好戲的笑容，「妳沒有實際和他相處過，怎麼知道他不會是妳喜歡的類型呢？」

「外表不是。」

「說話眞毒！」他大笑，「男女的審美觀或許不同，但我覺得陳力諳並不會配不上妳喔。」

「那你跟他在一起啊。」我沒好氣地說。

爬上樓梯後左轉第二間便是商用英文課的教室，抵達教室之前，我停下腳步問他：「所以你只是要跟我說，陳力諳對我還不死心？」

「我要說的重點是……」李東揚掏摸著褲子口袋，找出兩張電影票，「和他一起看場電影，讓妳多點機會了解他。」

「我覺得多此一舉。」

「就當作是給他最後的機會嘍，甩人哪有這麼容易，妳就和他出去一次，讓他徹底死心。」李東揚不由分說把票塞到我手中，「反正電影票我交給妳嘍。」

「我可以跟別人去看，謝了。」我大方地把票收下，放入紙袋。

「欸，不然我跟你們一起去可以了吧？」

「你憑什麼以爲你跟著去我就會答應？甩人最好的方式不是給對方最後的機會，而是拒絕得快狠準！懂不懂？」

「我當然理解呀，我也崇尚拒絕得快狠準，但這種方式不是每個人都能承受的。妳就當做善事，否則我每天都要聽陳力諳一直說他有多喜歡妳。」李東揚兩手一攤，「妳再找個朋友一起，兩男兩女，然後吃喝費用全部陳力諳出，如何？」

「我可不會因爲這樣就被收買，我秉持的是男女平等好嗎？」

「不錯呀，我有興趣。」另一個人的聲音忽然從樓梯口傳來，讓我和李東揚嚇了一大跳。

曲偲齊靠在牆邊，手肘撐在欄杆上，臉上帶著玩味的笑容，波浪似的卷髮垂下，穿著細肩帶背心與貼身長褲的她看起來性感至極。

「妳從哪一段開始聽的？」我問。

「吃喝費用全部陳力諳出。」她維持原本的姿勢。

「所以妳已經找到人跟妳一起去了。我們速戰速決，就這個禮拜六如何？」李東揚指了指曲偲齊，又看向我。

「我從頭到尾都沒有答應。」我冷冷地說。

「有什麼不好？李東揚，你說吃喝費用陳力諳全包了，是眞的吧？」曲偲齊話音輕快。

「是還沒經過他同意啦，但能和女神孟夕旖出去，他一定會答應。」李東揚不正經地說。

「那好，夕旖，妳記得我們前幾天說過的那間五星級麻辣鍋嗎？剛好那間店旁邊就有一家電影院喔。」曲偲齊對我眨眨眼睛。

她的話讓我略略睜圓了雙眼，那間五星級麻辣鍋很熱門，非常難預約，加上價格貴得離譜，以學生來說，那樣的餐廳太過奢侈，雖說我的零用錢向來寬裕，消費得起，但家中經濟狀況還不錯這點，我並不想讓別人知道。

當時我們一群朋友說好等出社會，再拿自己賺到的第一筆薪水去用餐。

曲偲齊此刻說出這番話的用意，不知道是要讓李東揚他們打退堂鼓，還是眞的要狠狠敲詐陳力諳一頓。

「五星級痲辣鍋？你們說電影院附近那間？」連李東揚都知道，看樣子那間店眞的很火紅。

「對，如何？只要去那間，我保證說服夕旖一起去。」曲偲齊完全沒問過我的意見便對李東揚做出承諾。

「妳們找碴嗎？那間店的價位很不便宜。」李東揚笑了兩聲，「不過我能跟妳們保證，沒有問題。」

我和曲偲齊互看一眼，面露懷疑。

「一樣約這禮拜六？」曲偲齊不確定地問。

「對，先吃完再看電影，如何？」李東揚拿出手機操作著，不知道在做什麼。

「這禮拜六不就後天？你怎麼可能訂得到位子？」我不可置信地喊。

「我就是有辦法。怪了，我爲什麼要爲陳力諳這麼努力？明明是他的事情。」李東揚怪叫，「算了，就約在學校這邊的捷運站碰面吧，我們騎車載妳們過去。」

「我搭捷運過去就好，重點是你什麼可以訂得到位子？你有門路？」我追問。

「門路倒是沒有，只是我舅舅剛好是那間店的股東。」李東揚露出欠揍的笑容，好不得意，「還眞巧，若是別間我就沒辦法了。」

「眞有你的呀！李東揚！」曲偲齊開心地歡呼。

「那禮拜六早上十點半，捷運站一號出口見。」李東揚對我伸出手來，「電影票還我，讓陳力諳去處理電影票的事。」

我現在完全被他牽著鼻子走，這種感覺我不喜歡，但也懶得多說什麼，順勢把電影票還給他。李東揚接過電影票，踩著輕快的步伐經過曲偲齊身邊，對她點點頭，往教室走去。

曲偲齊兩眼發光，語氣興奮，「我們竟然可以先去吃那間麻辣鍋，念庭和乃宣聽到一定會嫉妒死！」

「欸，別說。」

「喔對，我都忘了乃宣喜歡陳力諳。」曲偲齊看起來不是很在意，「不過這種事本來就難處理，乃宣自己不努力，沒必要讓我們都不和陳力諳出去吧。」

「這句話我同意，但如果她聽到可不會開心。」雖然不開心也是她的事。

「不要讓她聽到就好。」曲偲齊挑眉一笑，接著問：「妳跟李東揚怎麼會一起來上課？」

「在捷運站碰巧遇到。」

「他不是都騎機車來學校嗎？怎麼會和妳在捷運站遇到？」

我斜睨了她一眼，「問這麼細，妳該不會對李東揚……」

「我的確對他有興趣，但還不到喜歡。」曲偲齊竊笑，指了指自己的眉毛，「他這邊有個傷痕，讓我覺得很懷念。」

「懷念？」

「嗯。」她點點頭。

我們走進教室，李東揚和陳力諳正坐在一旁說話。

陳力諳臉上滿是笑容，一看見我們先是別開臉，才又害羞地對我們微笑打招呼。

我本來是不想理會的，但曲偲齊卻對他揮手，想想我們還要吃人家一頓，所以我也禮貌性地對他微微頷首。

我在心中暗自決定，到時候一定要堅持各付各的，以免欠下人情。

侯乃宣和于念庭還沒出現，我和曲偲齊找了個空位坐下，沒打算幫她們兩個占位子。

「妳剛剛話還沒說完，爲什麼李東揚的疤痕會讓妳懷念？」我很好奇，剛好稍早才聽李東揚說起那道疤痕的由來。

「我小時候有段時間在澳洲生活，那邊天氣炎熱，大家每天都頂著大太陽在外面到處玩，日子過得很快樂。」她邊說邊露出懷念的神情，「我認識了一個男生，他雖然是外國人，可是頭髮跟眼睛都是黑的，外型眞是帥慘了。有一天我們兩個一起爬樹，不小心摔了下來，那個男生爲了保護我，眉毛被樹枝刮傷，留下一道疤痕。」

「說不定李東揚就是那個男生。」這種劇情在漫畫裡很常見。

「怎麼可能，那個男生是外國人，年紀比我還大，而且他的疤痕和李東揚不同邊。」曲偲齊朝李東揚看去，「只是看到李東揚那道傷疤就會令我想起那個男孩，和他失去聯絡好可惜。」

講師走進教室，拿出課本放到桌上後，我低聲問曲偲齊：「初戀？」

「哪稱得上什麼初戀，那時候只覺得每天和他見面一起玩，很開心，根本不會想這麼多。」曲偲齊擺擺手。

「欸，哪邊還有位子？」一個低低的聲音傳來，于念庭偷偷摸摸溜進教室。

我拿起放在隔壁座位上的包包，表示這個位子可以讓她坐。

「不過……已經過了這麼多年，我還是會時常想起他，連李東揚那道小小傷疤都能讓我感到懷念，或許眞的是初戀吧。」曲偲齊淡淡地說。

此時于念庭已在我旁邊坐下，我沒再細問下去。

「什麼?妳們兩個要和陳力諳、李東揚出去!」

中午，我們三個在學生餐廳用餐時，于念庭對於這個消息感到訝異，「爲什麼排擠我？我也要去！」

「妳去幹麼？太多人了，又不是踏青。」曲偲齊擺擺手，她面前只放著一大盤生菜沙拉。

「我本來沒有打算要去，完全被牽著鼻子走了。」我悻悻然地說。

「妳要感謝我耶，原本預計要三、四年後才能吃到的餐廳，這禮拜六就能提前享用，這就是口福啊！」曲偲齊說起這話毫不害臊。

「太賊了啦！爲什麼我不能一起？」于念庭再次抱怨，「而且還是跟李東揚和陳力諳出去，這件事情需要告訴乃宣嗎？」

我們三個互看一眼，都明白當然不能說。

「乃宣今天怎麼沒來上課？」我問。

「哪知道，問一下嘍。」于念庭拿出手機，傳了訊息過去，過沒多久便收到乃宣的回應。

「我剛在剪頭髮，原本以爲來得及去上課，結果剪完都中午了，下午也沒課，就不去學校了。」

「她終於要剪頭髮了。」曲偲齊看著訊息笑了兩聲，「乃宣不在，我們正好可以討論一下這件事。」

「反正我又不能去，幹麼跟妳們討論。」于念庭鼓起嘴巴。

「少來了，妳是眞的想吃那間麻辣鍋，還是另有隱情？」曲偲齊吃掉最後一片生菜。

「嘿，看得出來嗎？」于念庭嫣然一笑，長長的睫毛一眨一眨。

「什麼意思？」我將烏龍麵送入口中。

「夕旖，聽說妳今天搭李東揚的車一起來上課？」于念庭瞅著我曖昧地笑。

「眞的假的？妳搭李東揚的車來上學？」曲偲齊皺眉。

「妳今天不是遲到嗎？怎麼會知道這種事。」我朝于念庭翻了個白眼。

「是李東揚欸，我當然會知道，要說英文系有哪個男生最優，也就只有他了。」于念庭露出誇張的花痴臉。

「李東揚又怎樣了，該不會是英文李東揚，資工車承稷吧？」我想起那天車承稷提到的「王不見王」，信口念出這兩句話。

「對！說到車承稷，有人看見你們兩個一起去影印室，難道妳也認識車承稷？」于念庭又說。

「我還以爲升上大學以後，人與人之間的互動會比較冷漠，沒想到大家還是很八卦。」我搖頭，「難道只有我不理解他們兩個的魅力？」

「我也不理解李東揚魅力何在，我連車承稷是誰都不知道。」曲偲齊舉手，卻偷偷對我眨眼，食指在眉毛上輕輕比劃了一下。

意思大概是說，她關注李東揚是因為他眉毛上的疤痕，讓她想起在澳洲認識的男孩，只是這樣而已。

「妳們兩個完全不需要理解，反正妳們已經夠顯眼了。」于念庭說歸說，但感覺上好像也不是眞的在意他們兩個。

「少來了，妳小惡魔耶。」曲偲齊笑出聲，站起來將餐盤放到一旁的回收架上，「我下午沒課，要先走了，妳們呢？」

「我跟妳一起走吧，我今天晚上有高中同學會。」于念庭也端起沒有吃完的炒飯，「夕旖呢？」

「我要去圖書館。」紙袋裡的書還沒拿去還。

於是我和她們在學生餐廳門口分道揚鑣，看著她們倆的背影，我不禁暗想，我們四個眞是完全不同的類型。

曲偲齊從不吝嗇展露她姣好的身材，小麥色的肌膚搭配性感的裝扮，光看外表會覺得她很愛玩；于念庭有著一張無辜的娃娃臉，雖然個性不壞，但太過八卦；相比之下，侯乃宣雖打扮較為中性，其實也算是漂亮女孩，只是還沒找到最適合自己的穿衣風格，所以無法凸顯出她的優勢。

而我則非常注重打扮，時常參考日韓雜誌或網路上的偶像明星如何穿搭，維持對流行的敏銳度，每天早上都要花一個多小時梳妝。

我深信這世界上沒有醜女人，只有懶女人，隨時保持最佳狀態，絕不會有錯。

我曾想過，照自己這樣的個性，可能不會有人願意待在我身邊，但求學過程一路走來，我身旁的朋友還眞不少，然而眞心相待的有幾人就不得而知了。

于念庭毫不掩飾自己心懷城府，不過她也沒眞存什麼壞心眼，只是喜歡蒐集八卦、與別人交換情報，讓自己成爲既得利益者。

侯乃宣較單純，也較自私，明明個性與我們不太投合，卻總愛跟著我們，因爲我們外型出色，站在我們身邊更能引來男生的注目。

曲偲齊就更不好惹了。她看似作風洋派，時時笑臉迎人，事實上卻隱含心機。今天早上我和李東揚的那番對話，她若不是從頭聽到尾，怎麼會說出「五星級麻辣鍋旁邊有電影院」這句話？但她卻宣稱自己是在李東揚講起陳力諳要請客時才開始聽。至於她小時候住在澳洲一事，如果我沒記錯，大一剛入學時，她明明說她小時候住在美國。

不管這些看似無傷大雅的小謊話用意爲何，我都不會探究也不會戳破，只是靜靜看在眼裡，日久見人心。

我們四個人，應該隱約都有察覺，彼此眞正的關係不若外人看起來那樣融洽。

但那又如何？

第四章

週六，我抵達捷運站時，曲偲齊還沒到，原本想去旁邊的書店打發時間，卻瞥見李東揚的白色機車急馳而來，他似乎也注意到我，筆直朝我騎來後隨即停下，掀開安全帽遮罩。

「怎麼只有妳一個人？」

「怎麼只有你一個人？」

我們兩個同時開口，我一愣，李東揚先笑了，舉起一隻手表示讓我先說。

「曲偲齊還在捷運上。」我也示意他可以說話了。

「陳力諳出門前突然肚子痛，我原本要等他，他說別讓女生等，叫我先來。」李東揚拿下安全帽，看了一下手錶，「不錯呀，現代人都不怎麼遵守時間，妳不只準時甚至還提早到，孟夕旖。」

「守時是做人最基本的禮貌。」第一次約出遊就遲到的人，我大概就不會約對方第二次了。

「陳力諳平時也會遲到，但我想他願意爲妳改變。」李東揚不正經地說。

「我講認眞的，我已經拒絕他了，你這樣只會讓我覺得煩躁，對他更反感。」我不拐彎抹角地直說。

「孟夕旖，妳真是一點機會都不給他，真好奇妳以前的男朋友是怎麼追妳的？」

「我沒必要回答吧。」我撇過臉。

「真的很小氣耶！」

「我才想知道你這樣的個性怎麼交女朋友。」

「喜歡就追，能在一起就在一起嘍。」

李東揚從機車上下來，順手把安全帽放在座墊上，立起機車中柱，瞥了眼前方的手搖飲料店。

「我快要渴死了，先買個飲料吧。」

「我不喝手搖飲料。」爲了保持身材，我只喝水和茶，手搖飲料裡的糖分是導致發胖的罪魁禍首之一。

「我喝啊。」李東揚嘖了聲。

他點了多多綠，半糖全冰，又問了我一次要不要喝，我告訴他我只喝白開水和無糖茶飲。

沒想到手搖飲料店的女店員聽到我們的對話，立刻搭話：「我們的茶也很好喝喔！」

李東揚便回：「那來一杯吧。」

然後就眞的爲我點了一杯。

最後，我們提著兩袋飲料回到機車旁邊，李東揚馬上插入吸管大口暢飲，而我看著手中那杯紅茶，有些猶豫。

「都已經幫妳點無糖了，而且有得喝就要感恩了，還挑！」

「我原本沒有想喝好嗎？」不情願地插下吸管喝了一口，味道意外的還不錯，還好是無糖，否則我鐵定不喝第二口。

「好啦，孟夕旖，妳剛才逃掉我的問題，那至少可以回答我妳總交過男朋友吧？難道都是一見鍾情嗎？沒有經過相處後才喜歡上對方的嗎？」

「總要先看順眼才會想進一步了解吧。」我定定地看著他，「別想打探我，李東揚，除非拿你的祕密來交換。」

「我眞沒有什麼祕密。」他兩手一攤。

「就算有我也沒興趣，所以你不用幫陳力諳打聽了。」我不耐地擺擺手。

「眞是小氣，好吧，陳力諳，我盡力了。」他拍了一下額頭，表示哀悼。

我哼了聲，兩個人安靜喝著飲料。

「講句認眞的吧，孟夕旖，我知道妳已經拒絕陳力諳了，也可能完全不會對他產生好感，但他眞的很喜歡妳，這大概是他最後一次對妳表白心意了，所以妳也別太冷淡。」

我抬頭看他，皺起眉頭。

「就當做好事吧，人喜歡著另一個人的時候，都是脆弱的，就算未來有一天想開了，但當下還是會覺得很受傷。陳力諳是我的朋友，妳讓他知道他沒希望就好，別傷害他。」

聽到李東揚說出這番話，我挺訝異的，會這樣幫朋友說話的男生不多，通常都是點到爲止或乾脆不說，甚至用開玩笑的方式帶過。

沒想到李東揚的心思如此細膩。

「拒絕本身就是一種傷害。」我聳聳肩，咬住吸管，「別擔心，只要他沒有太超過的舉動就沒事。」

李東揚無奈地揚起一邊脣角，「我一直覺得陳力諳眼光很差啊，怎麼會喜歡上妳。」

「你這話什麼意思？」我鬆開咬著的吸管，不悅地瞪向他。

「因爲妳絕對不是他應付得來的女人啊！」他搖頭。

「好，我會把這句話當成是稱讚。」

「我的確是在稱讚妳。」李東揚凝視著我，正想繼續追問下去時，他的目光轉而落在我身後，「曲偲齊來了。」

「嘿！久等了！」我轉過頭，只見曲偲齊身穿一襲白色連身洋裝，搭配小麥色的肌膚竟意外合適。

她的穿著和平時一貫的性感裝扮不同，讓人耳目一新。

「抱歉，我晚出門了些。」她快步走過來，雙手合掌道歉，顯得俏皮又可愛。

這模樣……是怎麼回事？

我瞥了眼李東揚，這傢伙居然看呆了。

啊啊，原來是這樣嗎？

我瞇起眼睛看向曲偲齊，她偷偷對我挑了挑眉毛，我瞬間了然於心。

看來她的目標是李東揚，哪時決定的？之前不是還在懷念初戀，怎麼眨眼間就把對方拋在腦後了？

「對不起，我遲到了！眞的很抱歉！」

陳力諳隨後也出現了，他騎著機車來到我們旁邊，我發現他的機車和李東揚同款，只是顏色是黑的。

「你居然遲到呀，陳力諳。」曲偲齊馬上雙手叉腰，對著一臉焦急的陳力諳喊：「讓女生等不可取喔！」

「妳不也剛到嗎？」李東揚終於回過神，出聲吐槽曲偲齊。

國高中的時候，大家平時都穿制服上學，假日忽然見到同學穿便服，不僅很有新鮮感，有時甚至會萌生莫名的心動。沒料到每天都能穿便服的大學生，竟然也會因爲女生的穿著和平時不同而讓男生有所悸動。

「孟夕旖，抱歉。」陳力諳輕聲說，然後很順手地將一頂安全帽遞給我。

我瞥了李東揚一眼，他似乎仍沉浸在曲偲齊難得的清純打扮之中。我暗自祈禱，等一下千萬不要演變成像Double Date的情況。

「抱歉什麼？」我看著陳力諳手中的安全帽，沒有動作。

「勉強妳過來。」他說。

我抬起頭看他，卻見他抿嘴苦笑。

我想起李東揚剛剛說的話——就是因爲陳力諳很喜歡我，所以才會覺得受傷。

於是我伸手接過他遞來的安全帽戴上，在心裡告訴自己不要太機車，不要傷害一個沒有傷害過我的人。

「陳力諳，我的答案你很清楚，我會繼續把你當成一個值得交往的朋友，請你不要讓我後悔。」我深吸了一口氣，果斷地讓他知道我們之間沒有其他可能，朋友已是他和我最親近的關係。

「我知道。」他說。

「嘿，走吧！」李東揚和曲偲齊已經坐上機車。

我發現曲偲齊的手放在李東揚的腰際，沒有眞的碰到，卻又恰到好處地貼著他。

這女人眞的對李東揚有興趣呀？

「我們兩個人先去電影院劃位，另外兩個人先去餐廳如何？」李東揚建議。

我正想反對，陳力諳立刻搶著說：「不了，我們同進同出吧。」

「你確定？」曲偲齊露出討厭的笑容。

這讓我有些不快，這種硬被湊成一對的感覺有夠糟。

「我確定，快走吧。」陳力諳立刻說。

曲偲齊這白痴貌似還想多說什麼，好在李東揚識相地答應，發動機車走了。

「對不起。」陳力諳向我道歉。

這種道歉也很令人不爽，不要出來不就好了嗎？

「算了。」無法阻止一切發生，甚至還答應出來的我也有錯，只能硬吞下這股悶氣。

一路上我沉默不語，手抓著機車旁邊的扶桿，陳力諳通過紅綠燈時都刻意加速或是減速，讓我們不致於在停紅燈時與李東揚他們並排，以免又被調侃。

這默默的體貼替他加了一些分數，但也不代表什麼。

我再次嘆氣，到底出來這一趟是幹什麼呀！

「對了，妳知道爲什麼約得這麼臨時，東揚卻有辦法訂到那間麻辣鍋的位子嗎？」

不知道第幾次於紅燈前停下時，陳力諳或許是受不了尷尬的氣氛，主動開了口。

「不是說他舅舅是股東嗎？」

「哦，原來妳知道了。」

接著又是一路無話。

我不是故意要把氣氛弄得這麼尷尬，而是這次出遊本來就是一場錯誤。到餐廳附近停好車後，李東揚便直接領著我們走到麻辣鍋餐廳，我問不是要去電影院劃位嗎？他才笑著說昨天就劃好了。

這讓我更不高興了，所以他們根本就是爲了讓我和陳力諳獨處，才會那麼說的。心中一股怒氣無處發洩，站在餐廳外面等待李東揚與他舅舅聯繫時，我立刻拿出手機傳訊息給之杏：

「我今天回家要揍妳。」

「人眞的好多，生意那麼好不是開玩笑的。」陳力諳看著店門口的排隊人潮，有些吃驚。

「要是沒有訂位，八百年才吃得到吧，多虧了東揚呀！」曲偲齊對李東揚眨眼媚笑，而那個笨蛋竟也吃這一套。

「沒有啦，小事！」李東揚看起來得意洋洋。

「爲什麼啦！我做了什麼？」不到一分鐘，之杏迅速回傳訊息。

「這是妳身爲妹妹的義務。」

「妳不會去揍尚閎喔！」

「你們兩個我都揍。」

發完這則訊息，我關掉螢幕，抬頭看見李東揚用玩味的表情注視著我，他挑眉的模樣令人厭煩，好像明明看透一切，卻又故意往我痛處踩。

「妳在跟誰傳訊息？」曲偲齊伸手搭上我的肩膀，故意用大家都聽得見的音量問我。陳力諳聽到這話，臉上的表情變得有點不自然。

「跟我妹。」我沒好氣地回。

「哇，生氣了？」曲偲齊一點也不在乎，故意用誇張的語氣驚呼。

她以為我會為了避免破壞氣氛而不當場發脾氣嗎？

那她就錯了，我嘖了一聲，準備破口大罵——

「舅舅！」李東揚突然出聲，音量大到像是用吼的。

「你那麼大聲幹麼？」陳力諳揉了揉耳朵抱怨。

前方一個穿著休閒的中年男子輕輕皺眉，朝我們走來，「東揚，小聲一點。」

「看到舅舅太高興了啦！」李東揚裝傻地笑著。

「這幾位是你的朋友嗎？裡面坐吧，位子都準備好了。」眼前的男人最多四十歲，身材保養得宜，絕對是會被稱作帥氣大叔的類型。

「這是我舅舅，今天能在這裡用餐全靠他幫忙。」李東揚介紹男人給大家認識。

「小聲點，你是想讓多少客人聽見？」男人低聲說著。看來李東揚的舅舅個性低調，讓我想到爸爸。

李東揚的舅舅帶著我們進到餐廳，撲鼻而來的麻辣鍋香氣令人食指大動，一行人走到位於角落的小包廂，裡頭擺著六人座圓桌，位子很大，坐起來相當舒適。

「因爲你說要過來聚餐，既然要跑一趟招呼你，我就帶著家人順便來用餐了，我們在對面那間大包廂，你就陪朋友一起吃飯，不用忙了，自己隨意吧。」舅舅站在包廂的門邊說。

「啊，那我過去打聲招呼。」李東揚立刻站起來，但他舅舅卻擺擺手。

「不用啦，反正這禮拜就要家族聚會……」話才說到一半，他腿邊忽然探出兩顆頭來。

小男孩和小女孩各自睜著一雙圓滾滾的大眼睛，帶著壞笑瞅著李東揚。

「响！東揚哥哥帶女生吃飯！」年紀約莫國小左右的小女孩跳了出來，她穿著一襲漂亮的白洋裝。

「芮冬，明明也有男生呀！」李東揚指了指陳力諳，無奈地看向小女孩。

「不是說好昨天要借我遊戲片嗎？可是你怎麼沒帶！」與女孩年紀差不多的男孩也跳出來，身著襯衫，裝扮像是個小紳士，不過講起話來立刻破功，氣呼呼的模樣好似小霸王。

「譽元，我不是有打電話跟你說改天再帶給你嗎？」李東揚放低身段，耐心地對小男孩解釋。

「我知道，我們故意的。」小女孩賊笑，「哪個是你的女朋友？」

「芮冬，不要問這種問題，別打擾東揚哥哥。」舅舅開口制止小朋友們。

「問一下咩，人家想要東揚哥哥這樣的男朋友，所以想知道東揚哥哥喜歡什麼類型的女生！」小女孩倒是很理直氣壯。

「什麼男朋友！妳根本……不、不准……」舅舅的聲音有些哽咽。

我看錯了嗎？李東揚的舅舅居然眼眶含淚？

「我舅舅只要提到女兒，就會像這樣。」李東揚抬手掩著側臉，小聲對我們說。

「眞是白痴。」小男孩雙手環胸。

「你才白痴！」小女孩氣呼呼地回嘴。

「好啦，你們快點回去，」李東揚走到門邊推著那兩個小孩離開，對拿著手帕拭淚的舅舅說：「那我等會兒再過去打聲招呼。」

舅舅沒說什麼，但聽見小女孩回到大包廂，大聲宣告她未來理想對象的條件，臉上又是一陣愁苦。

等李東揚的舅舅離開小包廂，我們才開始翻看菜單。

「你的家人都好有趣呀，東揚。」口口聲聲說想來這間餐廳吃飯的曲偲齊，這時卻完全沒有翻看菜單的意思，目光始終流連在李東揚身上。

「我媽那邊的親戚個性比較戲劇化，我爸那邊就正經得很。」

「還是第一次聽見你提起家人。」曲偲齊說。

「因爲我是第一次說啊！」李東揚聳肩。

「也是。」曲偲齊雙手交疊放在頰側，脖頸微彎，一頭長卷髮順著她脖子的弧度滑落在肩上。

我懷疑她是故意擺出這種姿勢，同時也注意到，她喊李東揚的時候，只喊了名字，省略了姓，而李東揚脣角勾起的弧度也跟著變大了。

陳力諳則眉毛微微抬高，我和他難得有默契地互望一眼。

「不過我爸媽也挺有趣的。」李東揚說。

「希望有天可以見到他們。」曲偲齊嬌笑。

這曖昧的對話是怎樣？當我們其他人不存在嗎？

「咳，大家有什麼不吃的嗎？」陳力諳先出聲。

「我不吃太辣喔。」曲偲齊說。

「不吃辣？那妳還說要吃麻辣鍋。」我忍不住皺眉。

「是不吃太辣，沒有不吃辣。」她嘟起嘴，朝李東揚瞥去。

「那就小辣就好，辣度可以調整。」李東揚立刻說。

我狠瞪他一眼，李東揚現在是怎樣，曲偲齊說什麼都好喔？

「反正會越煮越辣，那我們先點菜吧。」陳力諳連忙說。

OK，來這一趟，我倒是發現了陳力諳的優點，就是適當地扮演著緩衝的角色。

菜色一道道上齊，我慢慢拋去那些不愉快的心情，專心享用美食，因為實在太美味了，難怪有人說吃飯皇帝大，好吃的東西一下肚，所有煩惱與怒氣都跟著煙消雲散。

燙熟的牛肉軟嫩多汁，紅湯的湯頭雖辣，卻不是死辣，隱隱透出中藥材的香味，鍋底的豆腐和鴨血更是入味噴香；白湯的湯頭也不遜色，有些舌底回甘的甜味。

飯後送上的冰沙去油解膩，相當爽口；而甜點麻糬冰球更是經典，我覺得今天出來吃這一餐就值得了。

我決定下次要找千裔他們一起過來吃，只是訂位可能要想點辦法，就叫之杏去訂吧。

一頓飯下來我的話不多，不斷低頭猛吃。用餐的過程中，大多時候都是李東揚和曲偲齊兩人在對話，陳力諳偶爾也會加入話題。

吃飽後，李東揚順道去大包廂和親戚打招呼，他舅舅還特地出來和我們說再見，我們三個連忙躬身致謝。

走出餐廳，我覺得全身上下都是麻辣鍋的味道，於是從包包找出芳香噴霧朝自己噴了幾下，清新的香氣飄散開來，曲偲齊看到後嚷著她也要噴。

「果然女孩子就是不一樣。」李東揚笑了笑，與陳力諳往前走。

曲偲齊噴完，把芳香噴霧還給我，立刻加快腳步跟上他們，我連想和她多說句話都來不及。

當我穿過馬路來到他們身邊時，李東揚提到距離電影開演還有三十分鐘，足夠我們上廁所、買東西了。

「還要買什麼東西？」我很疑惑。

「飲料、爆米花什麼的。」曲偲齊指向販賣櫃檯。

「好啊，我去買，你們要吃什麼？」陳力諳今天挺勤快。

「我就不吃了。」肚子裡滿滿都是還沒消化完的麻辣鍋，這些人怎麼有辦法一直吃啊。

「還是要喝點飲料呢？可樂？柳橙汁？」陳力諳積極地詢問。

「她只喝無糖的茶。我要可樂，謝了。」李東揚邊玩手機邊回應。

陳力諳的臉微微一僵，乾笑了幾聲，「我知道了，那你們在這邊等我。」

等他走遠，曲偲齊馬上說：「欸，你這樣說很曖昧呢。」

「曖昧？」李東揚抬起頭，一臉莫名其妙，「哪裡曖昧了？」

「你剛剛說夕旖只喝無糖的茶啊，好像你很了解她一樣。」曲偲齊抬起下巴，往垂頭喪氣的陳力諳一努，「要是他誤會了怎麼辦？」

「不會吧，這樣就能誤會？我去探探口風，順便幫他拿東西。」李東揚收起手機，朝陳力諳走去。

我望著曲偲齊美麗的側臉，直到現在才有機會和她獨處。

「喂，妳的目標是李東揚呀？」

曲偲齊轉過頭來，笑盈盈地說：「也不是什麼目標，只是覺得值得放入口袋。」

我皺起眉頭，「哪裡值得呀？」

「眉毛上的疤。」她撇撇嘴，「還有，他其實滿帥的。」

我聳聳肩，「妳突然對他感興趣，難道和他的家世背景有關？」

曲偲齊露出狡詐的笑容，「嘿，那當然也是原因之一，不過可不單單只有那樣。」

但那是很大的原因吧。我在心裡這樣想。

「反正隨便啦，但請妳不要再把我和陳力諳湊在一起了，我本來不討厭他的，但要是我從今天開始討厭他的話，那都是你們的錯。」我嚴正警告。

「知道了啦，妳中間一度快要跟我吵起來了，我有發現。」曲偲齊哈哈笑了兩聲。

我可以感覺到，她其實並不是眞的在乎我不高興，不過算了。

等兩個男生回來之後，我們便沒再繼續談論這個話題。走進影廳時，自然而然地我和陳力諳分坐兩旁，中間夾著曲偲齊和李東揚。

這是部愛情片，劇情並不複雜。男女主角在高中畢業舞會上無意間相撞而認識，並變成好朋友，女主角逐漸愛上男主角，但男主角似乎對女主角沒有其他情愫。爲了成全男主角，女主角一直幫著他追求其他女孩，並在一旁靜靜陪伴，最後兩人各自擁有伴侶，這份愛永遠藏在女主角心中。

但是在電影的結尾，畫面回到兩個人在舞會上相遇的那一幕，年輕的男主角抬頭看了女主角一眼，而女主角一點都沒有察覺，那個等會兒故意要與她相撞的男孩，就是她魂牽夢縈一輩子的人。

從男主角抬頭望向女主角的那個眼神，就能看得出來，男主角也愛著女主角。我再也抑制不住眼中的淚水，不是被感動，而是因爲這個故事讓我感到生氣，令我聯想到我的父母。

比電影更悲慘的是，爸爸從來沒愛過媽媽，媽媽眼中的愛意不論爸爸知不知道，都無法傳達到他心中。

在亮燈之前，我趕緊擦掉眼淚，並用力吸了一大口紅茶。

「好好看喔，我差點就要哭了，這份愛情眞是感人。」曲偲齊在我們去牽車時這麼說。

「還不錯，我本來不太喜歡看愛情片。」李東揚點頭同意。

「但感覺不太眞實。」陳力諳發表他的看法。

「爲什麼不眞實？」我淡淡地問。

這大概是今天我第一次主動回應陳力諳說的話，他有些結巴地說：「因爲，這不是很傻嗎？兩個人明明互相喜歡，卻因爲誰都不主動說出口，結果錯過了一輩子。」

「也有可能就算其中一方主動開口，然後也在一起了，最後依然錯過一輩子。」並非陪伴在彼此身邊才叫圓滿結局，我的父母就絕對稱不上是美好的結局，不是嗎？

「這麼說也沒錯，可是……」陳力諳顯得困窘，不知所措地看向李東揚。

「我要回家了，走吧。」我轉過身。

「我說錯什麼了嗎？」我聽見陳力諳在背後小聲詢問。

「孟夕旖有時候就是陰陽怪氣的！」曲偲齊絲毫沒有想降低音量的意思。

陳力諳沒有說錯什麼，是我自己的問題。

我原本以爲，父母感情不睦並不會影響到我，平常我的確也看得很開，但也許潛意識中我始終耿耿於懷，在某些瞬間，例如一部電影、一句臺詞、一個眼神，都會讓我不自覺想起我的父母。

我很清楚，媽媽選擇把自己眞實的感情藏起來，爸爸則誠實面對自己的感情，誰都沒有錯。

只是我依舊悶得快無法呼吸，像是有什麼東西重重壓在我的胸口，連話都不想多說。

「啊，我晚一點和朋友有約，就不跟你們走了。」都已經來到機車旁，曲偲齊才看著手機說。

「妳自己一個人可以嗎？」李東揚問。

「沒問題，就約在附近。」曲偲齊甜甜一笑。

「這附近最多的就是酒吧和夜店了。」我心情不好，故意這麼說。

「是呀，我和朋友約好要去夜店。」曲偲齊瞇起眼睛，微微抬高下巴，沒打算隱瞞這件事。

也是，她和李東揚又沒交往，我說這些也無法刺傷她，況且她不是真心喜歡李東揚。

「那妳小心一點。」對她說完這句話後，我直接走到李東揚的機車旁邊，「回去你送我。」

李東揚頓時瞪大雙眼，瞄了陳力諳一眼，又看了看我，還看向曲偲齊。

「怎樣？你送我回去還需要經過誰的同意嗎？」我說。

「倒也不是。」他微笑著打開車廂，拿起安全帽遞給我，「反正大家都是朋友，是吧？」

他這句話問的不知道是誰，但一點也不重要，的確大家都只是朋友。

我接過安全帽，轉頭對陳力諳說：「今天謝謝你，騎車小心。」

他終究還是被我傷害了，但有一天他會感謝我的態度如此果斷，畢竟寧可搞曖昧也不說清楚的女生大有人在，他注定會傷心，只是什麼時候、程度多寡罷了。

「嗯，你們也是。」陳力諳黯然跨上機車，發動油門，孤身離去。

目送他的背影，我隱隱嘆了口氣，其實拒絕人也很不好受。

「孟夕旖，妳眞的……」曲偲齊搖頭，並沒有把話說完，「那拜拜啦，我往那邊走。」

李東揚和她說了再見，我跨上後座，故意用手抓緊他的腰，確定曲偲齊看見後，我也對表情一僵的她露出甜甜的微笑，「拜拜。」

騎車過了兩個路口後，李東揚才問：「我今天是走桃花運嗎？早上星座運勢明明說我今天要小心得罪人啊。」

他的語調聽起來一點也不困擾，反而帶著笑意。我鬆開抱在他腰上的手，沒有回話，只是告訴他我家的地址。

「我以爲妳會說載妳到捷運站就好欸。」

「送我回家吧，我不想搭捷運了。」此時的我只覺得身心疲憊。

機車沿著大馬路直騎到底才左轉進入一條靜謐的小巷子，巷底再左轉則會抵達一處豪宅區。

李東揚把車停在其中一棟大廈前，待我下車後，他拿下安全帽，抬頭打量眼前的高樓。

「這裡的房價不便宜吧。」他訝異地端詳我，「孟夕旖，原來妳是千金小姐啊？」

「不算吧。」我摘下安全帽，輕笑了聲。

「這樣還不算，那什麼才算呢？」他恢復平時那副戲謔的模樣，「喂，說真的，妳今天怎麼回事？」

「女人總是陰晴不定，不是嗎？」我聳聳肩，把安全帽還給他。

「那今天陳力諳的表現有讓妳改變心意嗎？」李東揚眼珠一轉，又說：「既然妳要我送妳回來，可見妳還是沒有改變心意。」

我斜眼看他，「但我發現只要是人，一定會有優點，只是需要時間相處才會發覺。」

李東揚右眉一挑，似乎沒料到我會這麼說。

「那妳的意思是，他有點機會嘍？」

我搖頭，「也許有些人是一見鍾情，有些人則是日久生情，經過相處，發現對方的優點而逐漸被吸引。」

「但妳對陳力諳是兩者皆無？」

「沒錯，這是你今天最睿智的一刻。」我忍不住送他一枚白眼。

「哈哈哈，我一直都滿睿智的好嗎？」

「你今天被曲偲齊迷得團團轉吧。」見他一副自我感覺良好的模樣，我忍不住拿這件事酸他。

李東揚表情古怪地看著我，提高音調，「是呀，我一直覺得曲偲齊是辣妹型的女生，結果今天的她卻完全不是我原本想的那樣，所以對她產生一點興趣。」

換我右眉一挑，「哦？那你們有一樣的感覺啊，她對你也有興趣，不如你們就交往吧。」

他皺皺眉頭，有些狐疑地說：「妳說這句話有其他用意嗎？」

「會有什麼用意？既然兩個人互相喜歡，當然就交往啦。陳力諳不是說，錯過就是一輩子了。」

「哈哈哈，沒有這麼誇張，妳不也說了，陪伴在彼此身邊也不見得是圓滿結局，有時候就是陪伴在彼此身邊才更覺得孤單。」

他說這話的時候看起來好像有些怪怪的，所以我側過頭定睛看他。

「李東揚，你沒事吧？」

「妳才沒事吧。」他嘴角揚起一抹弧度，「妳看電影的時候哭了，對吧？」

瞬間我站直了身體，臉上一熱，不禁出言反駁，「哪有！」

「有啊，明明就哭了，妳現在這種反應不就是此地無銀三百兩。」

「你怎麼可能看到，我們中間隔著曲偲齊耶！」

「我就是看見了。」李東揚把玩手中的安全帽，「妳明明感動到哭了，卻說出那樣的話，而且看完電影以後，感覺妳一直在生氣，爲什麼？」

「我沒有。」我撇過臉。

「妳的心情不可能對陳力諳說，也不可能對曲偲齊說，今天這趟大概也是瞞著侯乃宣出來的吧？那更不會去跟她說，還是妳會跟于念庭說？」

「都不會。」

「所以爲什麼不乾脆對我說？」

「爲什麼一定要說出口？我也可以不說啊！」

「不說的話，堆積在心裡太久不就成了心病？」

「什麼病，憂鬱症嗎？」我冷笑。

「說一說也無傷大雅吧。」他拿出手機看了一眼，「陳力諳問我爲什麼還沒到家，而曲偲齊說她喝茫了。」

「她喝茫關你屁事。」我不禁再次翻了個大白眼。

李東揚一臉興味盎然地看著我，「我要如何解釋妳這個反應？」

「不用特別解釋，曲偲齊的行爲就只是一種讓男生覺得『我很可愛』的手段。」我不耐煩地擺擺手，「你快回去，或是去接曲偲齊吧。」

我掉頭往大門走，但依舊覺得一口氣吸不上來。

「孟夕旖，妳明明就是直來直往的類型，爲什麼現在問妳怎麼了，妳卻怎麼都不肯說呢？」

我轉過身，見他泰然自若地坐在機車上，那彷彿什麼都知道的表情令我生氣。

「因爲所有事情都讓我很厭煩，今天我本來就不想出來，還一直被湊對，加上你又謊稱電影票還沒劃位，故意製造我和陳力諳獨處的機會，還有曲偲齊的態度、陳力諳的態度、你的態度等等，一切的一切都令人不爽。」我一口氣大聲說完，緊握的拳頭裡都是汗水。

「孟……」

「夕旖？」

另一個人的聲音打斷了李東揚的話。

我和李東揚同時往一旁看去，尙閎穿著夾腳拖鞋與運動褲，手裡提著一袋鹹酥雞，看樣子一定是被之杏使喚出來買宵夜。

這下正好，我立刻走過去勾著他的手臂，「尙閎，你買宵夜過來呀，那來我家一起吃吧。」

尙閎眉頭微微蹙起，神情疑惑，看了坐在機車上的李東揚一眼，口氣嚴肅地說：「他纏著妳嗎？」

「他是我朋友，沒做什麼壞事，只是在追問我一些不想回答的事。」我對尙閎微笑，然後朝李東揚說：「你可以走了，我青梅竹馬來了。」

李東揚的目光在尙閎和我身上來回打轉，「難怪妳不接受陳力諳，原來是因爲妳身邊有一個這樣的人了。」

「拜拜。」我直接和他說再見。

「拜拜。」李東揚戴上安全帽，淡淡地說。

李東揚好像忽然變得很不高興，騎上機車飛馳離去。我跟尙閎站在原地，直到李東揚的機車消失在視線裡，我才鬆開勾著尙閎的手。

「我剛才是不是不該開口叫妳？」

「不，這樣很好，讓他誤會了更好。」我歪頭望著高我快兩顆頭的尙閎，自家弟弟變得如此帥氣又成熟可靠，不論是誰在他面前都會自覺相形失色。

我們兩個走進大廈，還與警衛寒暄了一句。踏入電梯後，我望見鏡子裡的自己，不僅臉色差到不行，連表情也很嚇人。

「夕旖，妳還好嗎？」尙閎擔憂的情緒表露無遺。

「沒事，可能月經快要來了，才會情緒起伏大吧。」

尙閎撓撓後腦，「妳在其他男生面前也會這樣說話嗎？」

「當然不會，你是我弟弟，所以沒有關係。」我朝鏡子裡的他微笑，尙閎也跟著笑開了臉。

這個男孩，在他內心深處，也許還是會擔心害怕。

但爸媽都愛他，我愛他，千裔愛他，之杏也愛他——雖然那份愛可能有些不同。

這麼多的愛，或許仍無法填塞他心中的黑洞，或許有些傷痕就是無法被家人所療癒。

「尚閎，姊姊很愛你，你知道吧？」

「我知道。」尚閎扯動嘴角，帥氣的臉上透露出擔心，「可是夕旖，妳平常不會說這種話，是不是發生什麼事了？」

「愛偶爾也要說出口，不然對方又不是蛔蟲，怎麼會知道呢？」

「有些愛不用說出來，也可以感覺得到。」尚閎說完，電梯門正巧打開。

我們同時注意到家門口的鞋子多了一雙，忍不住相視而笑。

打開家門，千裔和之杏坐在客廳，開心接過尚閎手中的宵夜。

此情此景，瞬間消除一整天下來的不快。

只是……卻沒有消去在腦中盤旋的李東揚的臉，以及他微笑的模樣。

第五章

「欸，妳上禮拜是不是和李東揚約會？」繳交繪本給老師時，車承稷八卦地問。

「你怎麼知道？」

「果然約會了啊！」他拍了拍額頭。

「我是說，你怎麼知道我和李東揚出去？那不是約會。」我將繪本放到講桌上，轉身回座。

「單獨出去就是約會了啊！」車承稷跟在我身後，用只有我們兩個聽得見的音量說。

我轉過頭，沒好氣地看著他，「你難道沒看到除了我跟他以外，還有其他人嗎？」

教室裡吵吵鬧鬧的，有些人一邊趕工一邊聊天，而交完作業的人除了玩手機，也一樣在閒聊，老師偶爾提醒大家小聲點，便沒再多管。

「不是我親眼目睹，是聽班上同學說的。」他聳聳肩，「所以是怎樣，你們系一起出去玩？」

「你問這麼詳細幹麼？」

「好奇嘍。」

「承稷，我這邊不會，教我。」從剛才就一直在偷瞄我們的短捲髮女孩說。

「林虹，妳明明會做。」車承稷嘖了一聲，看也不看她，繼續盯著我問：「所以是怎樣，你們在約會？」

「你是不是喜歡李東揚？爲什麼這麼在意他？」我隨口問。

「不，我是對妳有興趣。」車承稷毫不猶豫地說。

聽他這麼說，我反而更不可能相信。他那張絕對談不上眞誠的臉，簡直和李東揚有得比，不禁讓我懷疑他們該不會是兄弟吧，不只是裝扮，連個性都有些相像。

但車承稷的玩笑話依然有人相信，就是坐在他旁邊的忠實粉絲，林虹。

「你、你、你眞的喜歡孟夕旖嗎？」林虹馬上眼眶泛淚，只差沒站起來離開。

「妳先乖乖做妳的繪本好嗎？」車承稷完全沒有想要安撫她的意思，再次盯著我問：「妳不信？」

「我沒有那麼單純。」我瞥了林虹一眼，「或是蠢。」

「哈哈哈，我就是喜歡聰明的女孩子，不會有事沒事就哭哭啼啼的。」車承稷忽然壓低聲音，「或是把眼淚當武器。」

我不以爲然地挑眉，「男人很吃眼淚這套，不是嗎？」

「多多少少吧，但總有一天會再也不吃。」車承稷聳聳肩，一屁股坐到椅子上，並拍拍旁邊的空位，示意我坐下，「所以李東揚目前有對象嗎？」

「你果然喜歡李東揚啊！」我故意放大音量。

「李東揚？英文系的李東揚？」林虹插話。

「沒妳的事。」車承稷口氣變得嚴肅。

林虹看似想說什麼，最後還是安靜下來，低下頭畫著繪本。

「怎樣？李東揚怎麼了？」林虹的反應勾起我的好奇心。

車承稷目光停留在林虹身上好一會兒，才轉過頭來對我微笑說道：「沒什麼。」

但他臉上的表情可不是這麼說。

看來他有事瞞著我，他和李東揚之間一定有什麼關係。

「妳喜歡李東揚嗎？」車承稷不死心地追問。

「沒有，我目前沒有喜歡的對象。」

「好吧。」他終於肯放棄這個鬼打牆的話題，轉而聊起其他事，包含了英文系去年發起的活動。

「哦，那個是侯乃宣，就是我系上一個朋友發想的，沒想到眞的會實行。」

「今年還會舉辦嗎？」

「看情況，有人在期待嗎？」

「我們系上的女生覺得不錯，也曾聽其他系的人提起，看起來有不少人期待你們今年繼續辦這活動，正好我有些意見想跟你們說。」

「為什麼還是要我們辦？其他系也可以辦呀。」

「英文系辦才有意義，你們有李東揚呢。」

「話題又回到李東揚身上了，我會轉告他資工系的車承稷很愛他。」

「別了！這就不用了。」他趕緊拒絕，順勢轉移話題。

兩堂通識課結束之後，車承稷還想約我吃飯喝茶，被我迅速打發掉。離開教學大樓時，在走廊上遇見正從外面走進來的侯乃宣，她滿頭大汗，手裡還抱著一個資料夾。

「那是什麼？」

「于念庭要我帶來的，去年系上辦的那個活動妳記得嗎？」侯乃宣打開資料，翻了幾頁。

「怎麼回事？今天這麼多人在講這件事。」

「這個活動大受好評啊，妳忘了妳去年收到很多巧克力？」她抬起手肘頂了頂我，一臉曖昧，「不過妳好像都沒有回禮。」

「幹麼要回禮，我全部都帶回家吃掉了。」我邊說邊打量侯乃宣，「妳是不是染亞麻綠？」

「對呀！好高興妳有發現。」她摸了摸自己的頭髮。

她把頭髮剪短了，長度又不至於太短，帶著一種俏麗的性感，新染的髮色很柔和。

「新髮型很適合妳。」我由衷地說。

「謝謝！」她閃閃發亮的眼睛突然黯淡下來，「妳覺得陳力諳會因爲我換個髮型就喜歡上我，或是多注意我一點嗎？」

「也許男生的確很膚淺，但我想還沒膚淺到這種程度。」

侯乃宣看起來很失望。

此時，車承稷和林虹從教室後門走了出來，一看見我，他先是熱情揮手，接著開口說道：「不跟我吃飯的話，就讓我多問幾個問題吧。妳那天是和李東揚還有誰一起出去？」

這個男人果然狗嘴吐不出象牙。

聽見車承稷說的話，侯乃宣瞪大眼睛，「夕旖，妳和李東揚出去玩？怎麼沒有告訴我們？」

很抱歉，除了妳以外，曲偲齊她們都知道，而且並不是出去玩，但我不想解釋。

「車承稷，去年巧克力傳情的活動就是她發想的，你跟她說你的建議吧。」我直接扯開話題。

「就是妳嗎？我覺得那個活動眞的很棒，今年還會有嗎？」車承稷立刻興致盎然地靠了過去。

「哦，原來你們這麼期待啊，今年應該也會辦喔，很多人都說想繼續參加，那你覺得這個活動有哪些地方需要改進？」侯乃宣立刻拿出原子筆，兩個人熱烈地交換意見。

「我要回去了。」我趁機拋下一句，便轉身快步離開。

他們在後頭叫我，但我裝作沒聽到，逕自朝學校側門方向走去。

適逢中午用餐時間，停車場裡有許多人正要牽車離開。我注意到于念庭坐在某個男生的機車上，她對我揮手，我也笑著對她點頭致意。

瞥見曲偲齊的紅色機車停在旁邊，沒記錯的話她等會兒還有課，那天之後沒跟她單獨見過面，我暫時不想和她打照面，於是快步往運動坡走去。

「孟夕旖，請等一下！」有個女孩的聲音在我身後響起。

「林虹？」回過頭發現是她，我感到意外，她氣喘吁吁地奔來，眼睛東張西望，我問道：「怎麼了嗎？」

「那個……我想問妳，承稷剛才在跟妳聊李東揚嗎？」

我歪著頭，揚起眉毛，「妳也認識李東揚？還是其實是妳對李東揚有興趣？」

她用力搖頭，「我喜歡的人是承稷。」

沒想到林虹會直接了當地承認，雖然她不說我也看得出來。

「李東揚和你們到底有什麼關係？爲什麼妳和車承稷都對他這麼關切？」

「我想李東揚一定不認識我們兩個，但承稷對他就是有種敵意，從以前到現在都這樣……」她指著自己的右眉，「李東揚這邊有一道傷痕，對吧？」

「嗯，該不會是你們害他受傷的吧。」我開玩笑地說。

林虹卻把我的話當眞了，緊張地搖頭否認。

「李東揚一定都忘了，只是承稷還走不出來。」她低聲說。

「妳在說什麼我聽不懂，能不能說清楚一些？」我雙手叉腰。

「這……」

叭叭——

一部黑色的機車長按了兩下喇叭，接著在我們旁邊急剎停下，林虹嚇了一跳，戴著安全帽的車承稷有些不悅地看著林虹。

「妳在和她說些什麼？」

「我什麼都沒有說！」林虹趕緊否認，對我們兩個道別後，立刻往下坡方向跑去。

目送她匆忙離去的背影，我轉過頭問車承稷：「我以爲你們會一起上下課，怎麼，她不坐你的機車？」

「我今天有事，沒辦法載她。」車承稷聳聳肩，「不過我可以送妳到捷運站。」

「不用了，我喜歡走路。」

「一點點路而已，沒有關係吧。」他厚著臉皮露齒一笑，「快上來吧。」

「眞的不用。」我轉身要走。

「李東揚賴皮幾下妳就上車了，爲什麼對我卻差別待遇呢？」

他的話讓我先是皺了下眉，然後回過頭用審視的眼神打量他。

「車承稷，你眞的有點可怕呢，爲什麼我和李東揚的事你都知道？」

「因爲我碰巧看見，或者別人也會跟我說。李東揚人氣很旺，我們班女生每天都會討論他的一舉一動。」他一臉理所當然的樣子。

「那你的眼線應該會告訴你，李東揚有興趣的人不是我。」我想起外出那天的不愉快。

車承稷聳聳肩，「眞的不要我送妳去捷運站？」

「不用。」我轉身大步離去。

「那拜拜啦！」他騎著機車從我身邊掠過，臨去前伸起左手對我示意。

「夕旖！妳居然就先走了！」這時連侯乃宣都追了出來，我只是想回家有這麼難嗎？

「我又沒課，妳不是還要和念庭碰面嗎？」說到這裡我忽然想到，于念庭和侯乃宣有約，但我剛才卻看見她坐在某個男生的機車上離開。

「我剛傳訊息問她，她說她在外面的咖啡廳，我覺得她好像忘了和我有約。」侯乃宣嘆氣，「要一起去嗎？」

「不了，我對這個活動沒有興趣。」

「但是妳和偲齊是去年的MVP呢，不想聽一下今年的活動細節嗎？」我們一起走下運動坡。

「不就跟去年差不多嗎？送心儀對象黑巧克力，告白的人可以自行決定要不要署名，然後對方如果也有意思就回送白巧克力，匿名的話就不需要回禮了。」

「沒錯，夕旖妳記得眞清楚，不過也有人反應這種活動方式對告白者有點殘忍，所以今年打算取消回送了，只要收下告白者送的巧克力就好，這樣對兩方來說都比較沒有壓力吧。」侯乃宣說著說著竟感傷了起來，「去年，就是因爲陳力諳有送我巧克力，我才喜歡上他的。」

我立刻轉頭看她，「陳力諳送過巧克力給妳？」

「嗯，但是我當下拒絕了。」侯乃宣有些沮喪地垂下眼簾。

「眞的假的？」我很訝異。

「我會拿這種事情說謊嗎？」侯乃宣咬著下脣，「我沒那麼花痴，我是因爲他送我巧克力，才開始注意到他，慢慢喜歡上他，可是可能時機過了，他對我已經沒有那個意思了。」

這是怎麼回事？怎麼還有這一段？

「爲什麼我不知道？念庭和偲齊她們知道嗎？」

「我沒有告訴任何人，所以我才想再辦一次巧克力傳情活動，這次換我送他巧克力。」她害羞地抓著自己的髮尾，「希望他可以看到全新的我。」

「那……好吧，這個活動就還是辦吧。」

侯乃宣眼睛一亮，「有妳的支持太好了，那有改變心意要一起討論嗎？」

「不了，我家裡還有事。」

「好吧，那拜拜嘍。」她有些失望地在馬路邊對我揮手道別，然後往另一頭離去。

等行人號誌燈轉綠，我過了馬路，走進捷運站。

去年的巧克力傳情活動是如何開始的，我已經記不太清楚了，只記得當時侯乃宣提到了情人節就是要送巧克力給心儀對象，又說到情人節剛好都是放寒暑假的時候，要送巧克力沒那麼方便。

接著不知道哪個人提議，「那我們可以在校內舉辦巧克力傳情活動啊。」

於是莫名其妙的，海報做好了，活動場地也借好了，甚至連巧克力球都買了好幾包，只要事先把申請表和費用投到箱子裡，活動當天，會由英文系的人將巧克力送交指定對象。

也就是說，害羞的人不用主動出面告白，如果夠大膽也可以跟著活動人員親送，印象中促成了許多對情侶，當然也讓許多人黯然神傷。

那時候我收到不少巧克力，有的有署名，有的沒有，不過我一個都沒有回送，全拿回家給孟之杏這隻豬吃掉，她邊吃還邊嫌難吃。巧克力是採購大賣場最便宜簡單的那種，畢竟只是趣味性質，又只收五十元工本費，所以沒辦法送太好的巧克力。

但是當時——

「夕旖，有一個巧克力不太一樣耶！不過沒有署名，不知道是誰送的？」之杏忽然跑到我房間，手裡拿著一個裝在透明塑膠袋裡的巧克力，塑膠袋的封口處綁著一條可愛的緞帶。

「怎樣？」我坐在書桌前看書，一點也不在乎。

「這是自己做的，或是去外面買的吧。」她把巧克力放到我桌上。

那是個愛心形狀的巧克力，上頭還用白色糖漿寫著一個英文字。

SWAN，天鵝。

至今我依舊不知道那個巧克力到底是誰送的，總之最後也落進了之杏的嘴巴裡，聽她說非常好吃。

當時我並不在意這份巧克力的來歷，如今細想，全部統一由英文系處理的話，爲什麼會有個與眾不同的巧克力送到我這兒？

去年的活動並未要求附上本人證件，也不一定要署名，只需要把自己與心儀對象的名字寫在申請表上，投進活動箱裡，並附上五十元工本費即可。

也就是說，任何人都可以輕易假裝別人送巧克力給另外一個人。

我不是覺得侯乃宣說謊，但也不認爲陳力諳會送她巧克力，這件事情太可疑了。

原本想問問李東揚，但想起上次出遊那天，最後氣氛鬧得不太愉快，這幾次上課和他也沒什麼交集，就算上同一堂課，座位也離得很遠……

話說回來，這段期間我好像連曲偲齊也沒見過幾次。

以前念國高中的時候，就算和朋友吵架，隔天也一定會碰到面，但大學不一樣，即便是同班同學，選修課程也不盡相同，座位不固定，更別提有人還把蹺課視為家常便飯，所以就算每天都得去學校上課，也不見得每天都會見到面。

算了，這不關我的事，侯乃宣既然決定再告白一次，如果失敗也怨不得別人。

於是我把這件事拋到腦後，拿出沒看完的小說繼續閱讀。

✦

「夕旖，妳明天有空嗎？」

這天很難得的，千裔居然主動邀約我。

「怎麼了嗎？」

她從包包抽出兩張票券，「我提前買了展覽票，但約好要和我去看的人沒了，所以妳有空嗎？」

「沒了的意思是？」我走到她面前，接過那兩張票瞧了瞧，是畫展。

「就是沒了，我也不想約其他人。」千裔漂亮的眼睛下方掛著淡淡的黑眼圈。

「妳最近沒睡好嗎？」

「睡很多，時間也不短，但就是覺得很累。」千裔搖頭，「所以要和我去看嗎？」

「好啊，我明天下午沒有課。」

她淺淺一笑，「那我們約捷運站見。」

我點頭，千裔旋身回去她的房間。

過了一會兒，大門傳來聲響，之杏和尚閎放學回家了。

「哇！難得我們四個今天這麼早回家！」之杏開心地先跑到千裔房間，又跑過來我房間，「那我們出去吃飯好不好？」

「好啊，機會難得，要吃什麼？」千裔將長髮紮成馬尾，走到我房門口。

「我想吃麻辣鍋，就是之前新聞介紹過的那間五星級麻辣鍋！」之杏說的就是李東揚舅舅是股東的那間店。

「訂不到位子吧，這麼臨時。」尚閎皺眉。

「我就想吃那間店，你打電話過去問問看！」之杏指使尚閎，他也真的乖乖地要走去客廳打電話。

「尚閎，用我房間的電話就好。」我叫住他。

尚閎查了號碼後撥過去，果然沒有位子。

「我們去附近的麻辣鍋店就好了。」千裔提議。

「可是我真的好想吃那間！」之杏跟個小孩子一樣鬼叫，「千裔、夕旖，妳們就不想吃嗎？」

那間店我已經吃過了，不過我沒打算說出口。

反正之杏這小鬼鬧彆扭不是一兩天的事了，隨她去鬧吧，等等千裔就會制止她了。

「我也挺想吃的，但訂不到位子也沒辦法，下次吧。」

千裔的話讓我微微一愣。

「討厭！」之杏一邊碎念，一邊回房換下制服。

尚閎也走回自己的房裡，而千裔跟我說她想先躺一下，要出門再叫她。

我看著千裔的身影，忽然察覺到這段時間她瘦了不少。

是我太久沒有關心她了嗎？千裔看起來不太對勁。

於是我走到她房間，正要推開虛掩的門問她怎麼了，卻聽見低低的鼻息聲。

原本以爲她睡著了，凝神一聽，發現那是啜泣聲。

雖然千裔只大我兩歲，然而在我心中，她向來是我陷入迷惘時，指引我方向的明燈，如今她卻躲在昏暗的房間裡，無助地暗自哭泣。

這讓我覺得很不捨，我不能主動問她到底發生什麼事了，千裔不會說的，她什麼事都藏在心裡。

想了想，我走回房裡，拿起手機。

現在不是在乎那點尷尬的時候，必須要讓千裔打起精神才行。

深吸一口氣，我打了電話給李東揚。

「哦？難得妳會打電話給我。」電話很快被接起，李東揚的聲音依舊帶著幾分玩世不恭。

「我想請你幫個忙。」

「哦？這又更難得了，什麼忙？」他輕笑著。

「你舅舅的那間麻辣鍋店，今天晚上會有位子嗎？」

「妳又想去吃呀，上禮拜不是才吃過！」李東揚大喊，話筒裡傳來電玩遊戲廝殺的音效。

「有嗎？」我淡淡地回。

「這是拜託人的態度嗎？」他又笑了幾聲，「我問問看，要訂幾個人的位子？」

「四個。」

「好，五個，加上我。」

「你有病嗎？加上你幹麼？」我是要和家人聚餐，他湊什麼熱鬧？

「這麼臨時要我舅舅幫忙喬位子，只能跟他說是我要帶朋友過去吃的，這樣才合情合理吧，不然他爲什麼要無條件幫我朋友喬位子？」他理所當然地說。

「抱歉，是我設想不周全。」我嘆了口氣，「拜託你了。」

「怎麼回事？妳感覺怪怪的喔，是要帶誰去吃？」

「很重要的人。」

「嗯，好吧，我等一下回覆妳。」

掛掉電話之後，我聽見之杏吹頭髮的聲音，尙閎已經換上便服走到廚房。

我想著躺在床上啜泣的千裔，爲她訂到她想吃的餐廳，這大概是我現在唯一能爲她做的事了。

半小時後，李東揚打電話告訴我，位子已經安排妥當，我內心除了感激之外，還有一點小小的愧疚，但我自然沒讓他知道。

當我把這個消息告訴千裔他們時，大家都滿臉驚喜，很快換好衣服準備出門。孟之杏這個小鬼在前往餐廳的路上有夠諂媚，一直說什麼夕旖姊姊最漂亮。

「別搞錯了，晚上的餐費平分，別想拍馬屁順便要我請客。」我事先聲明。所謂親兄弟明算帳就是這樣。

之杏馬上垮下臉，對我的稱呼從女神變成吝嗇鬼。

「妳怎麼有辦法訂到位啊？」千裔好奇地問，我照實回答後，她不禁讚歎我的交友廣闊。

從捷運站走到餐廳約莫十分鐘左右，到達目的地時，李東揚已經等在餐廳門口。

「你們好，我是孟夕旖的大學同學，包廂都準備好嘍。」他彬彬有禮地和千裔他們打招呼，笑容可掬的模樣，就像公關服務生。

「唉唷，很帥嘛！有一套喔！」之杏一直用手肘頂我，一臉八卦。

李東揚時不時斜眼瞄向尙閎，當尙閎與他對上眼時，李東揚便會露出虛假客套的微笑。

「他是上次送妳回家的男生對吧？」尙閎站到我身旁輕聲問，他的記憶力眞好，這麼會認人。

「對，但我和他沒什麼特別的關係。」我小聲撇清。

「如果是這樣，那天妳幹麼要騙他說我是妳的青梅竹馬？」尙閎難得會調侃我，「所以要繼續騙下去嗎？」

「他根本忘了吧，隨便。」

「是嗎？他一定記得，不然就不會一直偷瞄我了。」尙閎的口氣透露一絲無奈。

「就是這間包廂，菜色夕旖剛才都點好了，等一下會慢慢上菜。」李東揚領著我們到了和上次一樣的包廂。

「天呀！太棒了，我好高興！」之杏的眼睛閃爍著光芒。

「冷靜點好嗎？孟之杏，妳劉姥姥進大觀園呀？」我沒好氣地說，讓千裔噗嗤一聲，笑了出來。

「所以她們是妳的姊妹啊？」李東揚恍然大悟地看著我。

「對呀，這位是我大姊千裔，夕旖是我二姊，我們習慣直接稱呼彼此的名字。」之杏一一介紹，最後勾著尚閎的手說：「然後這位是……」

「我知道，夕旖的青梅竹馬對吧，上次有見過。」李東揚立刻堆起笑容。

「青梅竹馬？」之杏疑惑地歪著頭。

千裔沒出聲，來回打量了我和李東揚幾次，便心領神會地露出微笑。

尚閎聳聳肩，對著我露出一臉「我就說了吧」的表情。

「他不是我青梅竹馬。」事到如今繼續說謊也沒有意義，不如把話說清楚，「他是我弟弟。」

李東揚瞪大眼睛，「弟弟？」

「和我家人一起吃飯應該沒差吧，不用不好意思。走啦，我們先去端醬料。」我覺得有些彆扭，趕緊推著李東揚走出包廂。

來到醬料和飲料區，李東揚恢復一貫討人厭的表情，跟在我身邊頻頻點頭，卻不作聲。

「你幹麼啦？」

「我只是在想，既然他是妳弟弟，爲什麼上次要騙我你們是青梅竹馬呢？」

「弟弟從小跟我一起長大，當然可以算是青梅竹馬啊。」

「那是弟弟，哪是什麼青梅竹馬。」他拿起醬料碟，淋上一勺豆乳醬，「老實說，我有點驚訝他是妳弟弟，他跟妳們長得不太像，所以我一時也沒往這個方向猜。」

我原本正要舀起一勺蔥花的手停在半空中，過了幾秒，才把蔥花放進醬料碟，繼續舀起半勺白醋，「在他們面前，你可不要提起尙閎和我們長得不像這件事。」

「可是每次別人說我和我爸長得很像，我都不是很高興耶。所以聽到別人說自己和家人長得不像應該也沒什麼吧？」

「反正不要亂說話就對了。」我一手端起醬料碟，一手拿著一杯飲料，「那邊還有三杯飲料，麻煩你一起拿過去。」

「好。」李東揚笑著應聲。

回到包廂，菜盤都已上齊，李東揚熱絡地爲大家服務，尙閎也是，殷勤地幫忙把肉片燙熟，再分送到眾人碗裡，尙閎平常在家就是這樣，所以我們姊妹已經很習慣了。

但李東揚這麼做的時候，我反而覺得很奇怪。

該怎麼說……雖然一樣都是男生，一樣都和我沒有血緣關係，可是同樣的舉動由李東揚來做，就是會令我感到不太自在。

「夕旖，妳這個男朋友眞是不錯呀，跟妳以前那些男朋友比起來，這個懂事多了。」之杏狗嘴吐不出象牙，我立刻瞪她一眼。

「之杏，乖乖吃飯。」千裔優雅地夾起一片牛肉送入口中。

「哦，抱歉，不能在現任男友面前提起前任。」之杏這傢伙不知道是白目還是天然呆，根據我認識她十七年的經驗判斷，她應該是白目。

「好了啦，吃肉。」尚閎夾起一片肉放到之杏碗裡。

之杏笑得很燦爛，心花怒放地吃下那片肉。

「對了，尚閎，我前幾天遇見沈品睿。」千裔忽然開口。

「哦？我沒聽他說耶，怎麼了？」

「他說你們班來了一個有些問題的轉學生呀？」

「什麼問題？我怎麼沒聽你說過？」我跟著追問，眼角餘光注意到之杏的臉色有些古怪。

「她沒什麼問題，只是個性比較冷漠，容易被別人誤會。」尚閎談起那個轉學生的神情看起來很柔和。

「那個轉學生是女的？」我又問。

尚閎點點頭。

「與其說柴小熙是問題學生，康以玄才比較有問題吧，之杏和他走得太近了，可能會影響……」

「康以玄一點問題也沒有！」尚閎話還沒說完，之杏突然氣呼呼地把筷子往桌上一放。

在我孟夕旖面前，沒有人可以在餐桌上這麼不禮貌，尤其還是小我兩歲的妹妹。

我馬上沉下臉，喊了她的名字：「孟之杏。」

之杏立刻抖了一下，用做錯事的表情看著我和千裔。她從小就任性，在我們之中，她最無法接受爸媽並不相愛的事實，我曾經很擔心之杏在這樣的環境之下成長，會不會從此無法相信愛情。

然而這樣的之杏，喜歡上了尙閎。

即便明白這段單戀不會有結果，我和千裔都選擇假裝不知情。裝作不知情也是一種溫柔的守候，就像我們兩個也裝作不知道尙閎其實戴著面具與我們相處一樣。

「我、我不喜歡尙閎說康以玄的壞話。」之杏斜眼瞄了一下尙閎，「他覺得柴小熙沒問題，我也覺得康以玄沒有問題啊。」

「既然大家都沒有問題，還有什麼問題呢？」千裔抿脣微笑。

「……沒有問題。」尙閎和之杏同時回答。

「那就快吃飯吧，不要辜負東揚好心幫我們訂位。」千裔望向李東揚，露出女神般的美麗笑容。

「啊，不會啦……」李東揚笑了笑，然後迅速用手機傳了訊息給我。

「妳姊還眞可怕。」

我的嘴角微微上揚，回了訊息：「那叫威嚴。」

用餐結束以後，千裔看上去心情好多了，之杏吵著想去百貨公司逛街，尚閎理所當然陪她一起去。

「我還有事情，先走了。」千裔不忘向李東揚道謝，「今天眞的很謝謝你。」

「哪裡，有吃飽就好，而且還讓你們請客，眞是太不好意思了。」

「應該的，要不是你幫我們喬位子，今天晚上我們也不能過來這裡吃飯。」千裔說。

「啊……剛剛沒有時間澄清，他不是我男朋友。」我突然想到一直忘了說明這點。

「我知道，大概只有之杏那個小笨蛋沒看出來。」千裔勾起唇角，向我們道別後，便旋身離開。

「妳姊眞是優雅。」李東揚凝望千裔的背影，整個人看呆了。

「別傻了，我姊可不喜歡年紀比她還小的男生。」我立刻伸手往他眼前一揮。

「我又沒有說什麼。」李東揚怪叫。

「總之，今天謝謝你，那我過去和之杏他們會合了。」

「這麼冷淡呀，我也想買些東西，所以陪我吧。」李東揚手插口袋。

「好吧。」

「怎麼這麼乾脆？」

「算是答謝你，而且時機剛好，我有件事想問你。」

「哦？那邊走邊說吧。」

我和李東揚沿馬路向前走，他領著我拐進一條小巷子，來到文創園區，裡面設有一區創意市集，時間不早了卻仍在營業。

市集裡有許多攤位，各式手作商品琳琅滿目，攤位上掛著小燈泡，氣氛溫馨。

「妳要問我什麼事？」

步伐停在一個販售耳環和手鍊的攤位，我隨意拿起一副兔子耳環欣賞。

「今年英文系要再辦一次巧克力傳情活動，你知道吧？」

「嗯，有聽偲齊說。」

我挑了挑眉，「偲齊？嗯，所以你們進展得怎麼樣了？如果我沒會錯意的話，你們那天氣氛挺好的。」

「現在說什麼還嫌太早啦。」李東揚擺擺手，「然後呢？」

「乃宣提到她喜歡上陳力諳的契機，是因爲去年陳力諳送了她巧克力。」

「怎麼可能？陳力諳從去年就喜歡妳耶！」李東揚立刻大叫。

攤主抬頭對我們笑了笑，我感到不好意思，放下兔子耳環離開。

「你不能小聲一點嗎？」

「還好吧，又沒人聽到。」他不以爲意地聳肩，「該不會是侯乃宣做夢吧？」

「她不可能說這樣的謊，所以只有兩種可能，一個是陳力諳眞的有送，另一個是有人假冒陳力諳送她巧克力。」

「第二個選項比較有可能，但這有什麼意義？」李東揚不明白地搖頭。

「可以看侯乃宣的反應。」我冷靜地分析。

「那不就是整她嗎？但這也很怪啊，她當時並不喜歡陳力諳，假冒陳力諳送她巧克力也沒有意義呀，這麼說起來，應該是陳力諳被整了吧。」李東揚的話也不無道理。

「那就假設是有人要整他們兩個，但這又是爲什麼？」我百思不解。

李東揚摸著下巴一語不發，我看向另一個攤位展售的手繪明信片，挑了幾張結帳。

「我覺得還有另一種可能。」李東揚也隨意買了兩張明信片。

「什麼？」

「他們兩個的共同點是什麼？」

「啊？都念英文系嗎？」我摸不著頭緒。

李東揚指了指我。

「蛤？」

「妳就是他們的共同點。」李東揚把明信片收進背包，「陳力諳喜歡妳，而妳是侯乃宣的朋友，如果讓侯乃宣喜歡上陳力諳，那妳是不是有可能會變成一個箭靶？」

我愣了下，「但誰會這麼做？」

「要同時知道侯乃宣最容易被操控，又能敏銳察覺到陳力諳喜歡妳，我想這樣的人選應該不多吧。」李東揚嘿嘿笑了兩聲，「而且陳力諳去年匿名送巧克力的對象可是妳呀。」

我瞇起眼睛，腦中浮現那個上頭寫著天鵝英文的心形巧克力。

「他送的是普通的巧克力球，既然選擇匿名，就表示他當時可能還沒想要告白。」李東揚歪頭看著我笑。

我擰眉思索，如果巧克力不是陳力諳送的話，那是誰？

「不過，是誰要這樣針對我？」

「妳應該推測得出來吧，但孟夕旖可能無意間得罪太多人，所以也記不清楚了。」

我用力打了他一下，「李東揚不也是無意間得罪過很多人。」

「哪有？妳舉個例子。」他笑著揉揉挨了我一掌的手臂。

「車承稷。」我馬上說。

「誰？」他看起來很疑惑。

「資工系那個車承稷呀。」

「我不認識。」他搖頭，皺起眉頭。

「那林虹呢？」

「啊？」李東揚滿臉問號。

這下換我皺眉，「你真的不認識？」

「不認識，他們怎麼了？」

「他們好像認識你。」

「很多人都認識我，但我不認識他們呀。」李東揚挑了挑眉。

我們走到另一個攤位，貨架上擺著許多列紙膠帶和貼紙。

「可是他們兩個提起你的時候，那種反應不像只是聽過你的名號，而是真的認識你。」我停頓一下，才往下說：「或是……有什麼過節。」

「怎麼可能……」李東揚話音未落，忽然一愣，「可是應該不太可能呀……」

「想到了嗎？」

「妳有他們的照片嗎？」

「怎麼可能會有……不過臉書上應該找得到。」我拿出手機，搜尋車承稷放在臉書上的照片。

李東揚盯著那張照片看了許久，久到我都挑了兩個紙膠帶也結完帳了，他仍看著那張照片若有所思。

「好像有點眼熟，可是我明明不認識他。」李東揚把手機還給我，「而且是我的錯覺嗎？他有點像我。」

「哪有，他和你長得很不一樣好嗎？」

「難道真是我的錯覺……」

他突然湊了過來，手指在我的螢幕上滑動，令我有些不自在，但我裝作毫不在意。

李東揚指著車承稷的照片分析：「妳看這件衣服，我去年穿過，還有這雙鞋子我也有，然後這髮色我之前染過，而且妳不覺得他的髮型跟我很像嗎？」

「欸……」我倒是從沒注意過，應該說，我根本不關心李東揚的穿著打扮。

現在仔細回想，車承稷的確在很多方面都與李東揚有相似之處，包括說話的語氣與行為舉止。

我把這件事告訴李東揚。

他登時打了個冷顫，「靠，怎麼回事，他是跟蹤狂喔？」

「有可能喔，他好像很愛你。」我起了逗弄的念頭，故意這樣說。

「靠，真的假的？」他眉宇一皺。

「他一直問我是不是你女朋友，還問我你有沒有在意的對象。」

「喔，女朋友……話說妳妹剛才也以為我是妳男朋友，我看起來像嗎？」李東揚瞬間鬆開擰緊的眉頭，揚起壞壞的笑容。

我猛力推了他一把，「別亂說話。」

「不過孟夕旖，跟妳同班兩年了，卻從沒見妳交男朋友，但妳妹剛才提到妳那些前男友……好像都不怎麼樣？」

「孟之杏那傢伙的胡言亂語你也相信？當初會在一起自有緣由，分開也是，過去的事就沒有必要再提了。」

李東揚不可置信地看著我，瞠大眼睛的樣子有夠愚蠢。

「幹麼？」

「沒想到妳會說這樣的話。」

「什麼話？」

「大多數的女生都會數落前男友的各種缺點，總之就是會說以前交往對象的壞話。」

「我大概是被說壞話的那個吧。」我失笑，「那你呢，李東揚？對以前交往過的女人有什麼想法？」

他聳聳肩，然後搖頭。

「爲何不說？」

「不是不說，而是我沒有印象了。」

「怎麼可能？」我並不相信他說的話。

「就像妳說的，過去的事無須再提，對我來說，過去的事也不需要再記得。」他豎起食指指著自己的腦袋，「妳相信嗎？記憶空間是有限的，若是以抽屜來比喻，人的記憶空間可能有一萬個抽屜，當這一萬個抽屜被裝滿的時候，就要淘汰某些抽屜裡的記憶，才有辦法放進新的記憶。」

「但你說過去的事不需要再記得，這句話眞有點感傷。」

「這份感傷是對誰而言呢？」他淡淡地說。

「對那些曾經和你交往過的女人們。」

「但我跟那些人都沒有聯絡了，所以無傷大雅吧？」

我望著李東揚，他的表情十分正經，並不像在開玩笑。

「你讓我挺意外的。」我稍稍移開停在他臉上的視線。

「怎麼說？」他問。

「意外的冷血，我以爲你是那種處處留情，然後始終念舊的類型。」

「已經過去的事都沒有意義。」李東揚把雙手枕在腦後，「那些會拖累腳步的情感，都不需要。」

「我並不覺得這樣不好，我只是說冷血。」我脣角微微勾起。

想當初他還叫我不要對陳力諳太過狠毒，以免傷害他，如今聽到李東揚對於過去戀情的看法，我覺得他才冷酷呢，而且更可怕的是，他自己並不覺得。

不過，要是我父母其中一方能像李東揚這樣，他們也許會快樂許多吧？

「孟夕旖，我很好奇，對妳而言，什麼樣的男生才能成爲妳的交往對象呢？」

創意市集裡燈光昏暗，懸掛在攤販前的七彩燈泡將周遭照得一片朦朧，李東揚面對我，臉上的笑意與昏黃的燈光融合在一起，眼前的景象彷彿被套上了濾鏡，連色調都改變了。

「我不知道。你又怎麼知道自己會喜歡上什麼樣的人？」我低聲說。

李東揚微笑，從包包取出他剛才買的明信片，遞到我手上。

「大概像是這樣的人吧。」

這是張插畫明信片，靛藍色的夜空散落著幾顆星星，湖岸邊聚集了數隻白天鵝，湖畔種了一棵大樹，一隻黑色天鵝孤身佇立在樹的後方。

我猛然抬起頭，盯著李東揚，「什麼意思？你喜歡優雅的白天鵝嗎？真可惜，我第一眼看見的可是站在大樹後面的黑天鵝。」

「我看見的也是黑天鵝。」對於我的搶白，他似乎一點也不意外，對我笑了笑，轉身走開。

「喂，李東揚！」我喊住他，也許是一切都太過巧合，所以我不假思索地對著他的背影問，「去年我收到一份巧克力，上面寫著SWAN，這件事跟你有關係嗎？」

「過去的事我都記不太清楚了。」他再次指了指自己的腦袋，揮手和我道別。

我拿著明信片呆站在原地，忽然想起，剛才他明明說要我陪他來買東西，但最後，他只買了幾張明信片。

第六章

「這次的巧克力傳情活動，不再只限於送巧克力給喜歡的對象，也可以送給自己的好朋友，而且改採實名認證，一定要本人過來登記才行！」

幾天後，某堂必修課的下課時間，侯乃宣開心地和我們說明這次的活動規則。

「那我們班的人如果要參加不就很尷尬？要送給誰大家都會知道。」曲偲齊翻看侯乃宣寫好的文案。

「是有一點，但總要有人辦呀。」侯乃宣偷偷瞄了陳力諳一眼。

「海報該怎麼呈現我們也想好嘍。」于念庭拿出筆記本，裡頭有幾張草圖，以及最終定案的版本。

我看著定案的設計圖，上頭畫著一個巧克力蛋糕，蛋糕上有三對糖霜做成的人偶，一對是一個男生和一個女生，一對是兩個男生，另一對則是兩個女生。這樣的設計除了表示巧克力傳情的對象不僅是自己喜歡的人，也可以是好朋友，另外還有一層含意：任何形式的愛情都能受到同樣的祝福。

「這個設計概念滿不錯的。」我說，腦中浮現的畫面卻是前幾天和千裔去看展覽時，她心不在焉的模樣。

千裔眞的怪怪的，好像發生了什麼事情……

「話說這已經算是全校活動了，是不是可以跟學校申請經費呀？去年的巧克力球雖然有收五十塊工本費，但遠遠不夠，最後我們還自掏腰包了呢！」曲偲齊的話將我的思緒拉回來。

「我也是這麼建議，所以剛才已經爭取到學校贊助的經費了。」李東揚忽然出現，手中搖晃著一張公文加入話題。

「不錯呀！東揚你眞厲害！」曲偲齊像個小女人般對李東揚大加讚揚。

于念庭噗嗤一聲，而侯乃宣則看了我一眼。

「採用實名制的話，參加的人會不會變少？」陳力諳也靠了過來。

「這、這也是有可能……」侯乃宣頓時結巴起來，「但如果不採實名制的話，怕有人會假借其他人的名義進行假告白。」

這句話讓我和李東揚都微微挑起眉毛。

「爲什麼會忽然這麼想？」我出聲問她。

「我那天和念庭討論，說到去年好像有出現這樣的狀況，那些被假告白的人到現在都還不知道自己被整了。」侯乃宣邊說邊垂下眼簾。

我看向于念庭，「妳是有聽到什麼風聲嗎？」

「我也只是提出有這種可能性，就算沒有也可以防患未然。」于念庭笑彎一雙眼睛，模樣十分無辜可愛。

「這種沒有根據的事怎麼可以無中生有?」曲偲齊手指滑過于念庭筆記本上的海報圖案，笑著對侯乃宣說：「而且被騙的人也有問題吧?只能怪自己個性太過單純，什麼事都相信。」

「怎麼會是個性單純的人有錯?」我心生不悅。

曲偲齊沒料到我會出言反駁，先是一愣，然後撥了撥頭髮，「什麼意思?」

「付出愛情的人有什麼錯?」

「所以妳的意思是說，只要付出愛情就是對的?只要有愛就能抱著一塊免死金牌?」曲偲齊盯著我，嘴角雖然勾起，眼底卻絲毫沒有笑意。

「沒錯。」我瞇起眼睛，想起李東揚之前說過的話，那個冒充陳力諳送巧克力給侯乃宣的可能人選，幾乎快要呼之欲出，「錯的是故意去玩弄別人感情的人。」

曲偲齊沒回話，一臉高傲地揚起下巴。

侯乃宣尷尬地輪流看著我們兩個，于念庭聳聳肩，一副置身事外的樣子。

「那……巧克力今年打算怎麼解決?」李東揚啪的一聲，把那張公文甩在桌上。

「學校贊助的金額頗高的，或許不用像去年一樣只提供巧克力球。」陳力諳也搭腔，似乎想要緩和隱含火藥氣味的氣氛。

「謝謝你們想到去向學校申請經費，我只想著要辦活動，完全沒考量實際的開銷成本。」侯乃宣趕緊致謝，對著李東揚，當然也對著陳力諳。

「沒什麼，既然是我們班主辦，理應大家一起處理，而不是像去年那樣都只有妳們女生在忙。」陳力諳抓了抓頭，偷瞄了我一眼。

「好啦，既然有經費了，也許可以選用手工巧克力？」于念庭說。

曲偲齊的目光在我臉上打轉，一手支著下巴，朝侯乃宣問：「眞的要廢除匿名告白嗎？」

侯乃宣吞吞吐吐的，一時答不上話，看樣子又要被牽著鼻子走。

我不屑地說了句：「要告白就要有告白的勇氣，匿名算什麼？」

「我贊成喔。」于念庭呵呵笑了一聲。

「我、我也贊成。」侯乃宣半舉起手。

「那等會兒上課前和班上同學說一下，看有多少人願意幫忙。」李東揚拍拍陳力諳的肩，「號召全班協助這件事就交給你了。」

「交給你才對吧，你可是我們英文系的活招牌。」陳力諳笑著反拍回去，沒想到他也會露出這麼開朗的笑容。

「乾脆就交給你們兩個了，你們去動員其他人幫忙宣傳，我們女生就負責製作與張貼海報，並擔任活動人員。」于念庭眨了眨一雙圓圓的眼睛。

上課鐘聲響起，我瞥了曲偲齊一眼，她也看向我，嘴角依舊掛著微笑。

我不像她那樣，就算心中不快也能面帶笑容，有人會說這叫圓滑，但我認爲是虛僞，而且還很可怕，像一頭不知道什麼時候會咬你一口的笑面虎。

我哼了聲，隨即撇過頭，走到另一個座位坐下，離曲偲齊遠遠的，侯乃宣的目光在我和曲偲齊之間來回，彷彿不知道該坐哪裡，于念庭輕笑，隨意找了個位子入座。

侯乃宣嘆了口氣，最後她選擇坐在曲偲齊旁邊，一如我所預料。

在講師進來之前，李東揚和陳力諳搶先站到臺上，宣布今年一樣會舉辦巧克力傳情活動，並吆喝更多人加入宣傳，大家的反應雖不算熱烈，但還是有不少人願意幫忙，人手倒也夠了。

下課後，侯乃宣跑過來與我搭話，問我和曲偲齊怎麼了。

「我們沒有怎樣呀。」

「那剛才爲什麼要吵架啊？」

「那算吵架嗎？只是彼此觀念不合，所以溝通一下。」我望著侯乃宣，說出我的看法，「妳也不要老是附和大家，我們年紀也不小了，沒幾年就要畢業進入社會，難道妳一輩子都要附和別人，沒有自己的意見嗎？」

「哪有這麼嚴重，爲了群體的和諧著想不好嗎？」侯乃宣鼓著腮幫子。

「妳是認眞的？」我只差沒有翻白眼。

「維持群體之間的和諧，不是很重要嗎？」侯乃宣咬著下脣，「如果稍微退讓一點點，就可以維持氣氛和諧，我覺得很好……」

「世事沒有這麼簡單，妳以為退讓，別人就會感激妳嗎？妳以為別人會明白妳的苦心，變得收斂？別傻了，大多數人只會得寸進尺，把妳的退讓視為理所當然，妳退了一次，以後就只能永遠退讓。」

她被我堵得啞口無言，眼眶泛起一層薄薄的淚霧，這讓我更生氣。

「不要哭。」

「我沒有哭。」她吸了吸鼻子，「我先去和李東揚討論一下活動細節。」說完，她站起來朝李東揚的座位走去。

我察覺到李東揚的視線迅速朝我一瞥，似乎還隱隱發出一聲嘆息。想必坐在不遠處的他聽見了我和侯乃宣的對話，也許他會覺得我多管閒事。

多管閒事向來不是我的作風，但最近我好像真的越來越多管閒事了。

越想思緒越混亂，索性決定去廁所洗把臉，順便補妝。於是我離開教室，特地繞遠路走到另一棟大樓位在三樓角落裡的廁所，這處剛好連接戶外陽臺。女廁對著陽臺的那面牆上，有片不小的玻璃可以瞥見陽臺外。這片玻璃是採單面鏡設計，站在外頭的人看不見裡面，裡面的人卻能對陽臺上的景物一覽無遺。

補完妝後，我透過那片玻璃，看見于念庭和曲偲齊站在陽臺對話，神情嚴肅。事有蹊蹺。

我的直覺如此告訴我，於是我小心翼翼拉開玻璃上方的氣窗，讓她們的聲音可以傳進來。

「妳爲什麼要多事提醒乃宣？」曲偲齊雙手叉腰。

「也沒什麼，只是多說了幾句。」于念庭玩著手機，滿不在乎地回：「叫我來就是爲了說這個？」

「念庭，妳剛才還贊成孟夕旖的意見。」曲偲齊不滿地質問。

「我覺得她說的沒錯呀，實名制不是很好？告白這種事本來就要敢做敢當呀。」

「那妳告訴我，去年是誰匿名送巧克力給乃宣？」

「是我送的我承認，要是乃宣問我，我也不會隱瞞。」于念庭抬起頭，「可是曲偲齊，明明說好只是整整乃宣，看她會有什麼反應，最後在卡片上署名『陳力諳』三個字的可是妳，當時不懂妳爲什麼要這麼做，但前陣子我總算明白了。」

曲偲齊高高挑起眉毛，等著她繼續往下說。

「因爲陳力諳喜歡夕旖，而妳討厭夕旖，所以才故意這麼做。妳可能以爲會引發後續效應，讓夕旖被孤立或什麼的，可是事情的發展卻讓妳失望了，我沒說錯吧？」

「妳變成偵探了嗎？」

「這件事我們都有錯，就不能當作沒這回事嗎？」于念庭把手機收進口袋，有些不耐煩地揮揮手，「總之，我不想重蹈覆轍才會這樣提議。我大概理解爲什麼妳會討厭夕旖，但別再拖我下水了。」

說完後，于念庭朝另一個方向離開，留下曲偲齊一個人站在原地。

曲偲齊握緊了拳頭，臉色很難看，忽然猛力踢了旁邊的盆栽一腳，我嚇了一跳，幸好沒有不小心驚呼出聲。

我不明白自己什麼時候得罪過她，爲什麼她要這麼針對我？

此時一個念頭在腦中一閃而過，車承稷之前說過自己和李東揚是「王不見王」，或許這麼想有點自抬身價，但也許我和曲偲齊也是如此。

曲偲齊忽然朝廁所走來，我趕緊躲進其中一間隔間，飛快鎖上門。

下一秒就聽到她的腳步聲傳來，她嘴裡一邊碎碎念，一邊將洗手臺的水龍頭開到最大。

手機鈴聲忽然響起，她罵了一句髒話才接起，「喂。」

對方似乎劈頭就先說了一大串，曲偲齊過了一會兒才嘖了好大一聲，「你能不能先不要抱怨？車承稷，你又做了些什麼？」

我倒抽一口氣，趕緊摀住自己的嘴巴。

曲偲齊認識車承稷並不稀奇，但這種巧合還是讓我感到很不對勁。

「我怎麼知道你會和孟夕旖修同一門課？單獨？用那個套不到孟夕旖的話，我不是說了那次一起去吃麻辣鍋後，他們兩個只有在回家的時候是單獨……什麼？前幾天？這是什麼情況……」她邊說邊走出廁所。

直到再也聽不到曲偲齊講電話的聲音，我才從隔間走出來。

站在洗手臺前，鏡中的我臉色微微發白。

這之間有什麼陰謀嗎？

刻意接近我，卻又莫名在意李東揚的車承稷，以及突然對李東揚表現出強烈興趣的曲偲齊，這兩個人到底是什麼關係？

我想直接找他們問清楚，但這個決定在走到教室門口前動搖了。

貿然地刨根問底，得到的會是眞實答案還是敷衍了事？

於是我改變主意，決定慢慢從中觀察。

深吸一口氣再緩緩吐出，我踏進教室，掛上假笑，裝作若無其事地與大家閒聊。

✦

巧克力傳情活動正式開跑之前，發生了幾件對我來說算得上是重要的事情。

首先，某天我難得大發慈悲提著蛋糕回到家時，卻聽見之杏和尙閎正在爭執，這大概比在陸地上看見鯨魚還要稀奇，所以我放輕腳步，偷聽他們在吵些什麼。

「不對，我說的是你眞正的名字，還有眞實的你！在家的你是孟尙閎，但在學校的你、在沈品睿面前的你、蹺課的那個你，是誰？你眞正的名字是什麼？」之杏幾乎是尖叫著說出這一長串話。

我心臟立刻一縮。

這個白痴，老是這樣不懂事，她不知道有些話不能說出口嗎？

「我就是孟尙閎，我是孟家人，我是你們的家人……」尙閎的聲音低沉如耳語般。

我大感不妙。

爲什麼要這樣逼尙閎？如果他崩潰了該怎麼辦？

不論尙閎是否打從心裡覺得他是這個家的一分子，我們愛他，他也愛我們，這才是最重要的事。

我得趕緊打斷之杏，所以刻意加重腳步聲，裝作剛到家的樣子，大喊：「我回來了！」

隨即走進客廳，把手上的蛋糕放到桌上，眉飛色舞地告訴他們這蛋糕有多難買。

看著尙閎木然的表情逐漸抽離，重新露出笑容，語調輕快地問我買了什麼蛋糕，他變回我那個我所習慣的完美「弟弟」了。

我吩咐他去廚房拿刀叉，之杏卻滿臉不悅，甚至跟在尙閎身後打算繼續追問，我立刻上前拉住她。

「妳幹麼，妳知道我正問到……」她忿忿不平，還想怪我打斷她。

「之杏，妳是白痴嗎？妳要逼他說出什麼？難道妳要他坦承他在這個家所表現出的自己是經過僞裝的？」我簡直恨不得敲她的頭。

之杏張大嘴巴，似乎很驚訝我怎麼知道他們剛才的對話，然而這樣的驚訝馬上轉爲不滿，張嘴就要抱怨。

「妳當我和千裔從來沒有發現過這點？妳認爲年滿十歲才來到這個家的尙閎，會由衷覺得自己是家裡的一分子？還是他是因爲感謝我們給了他一個安身之處，所以才堅決不肯做出任何可能會讓這個家丟臉的事？如果他認爲當個乖小孩，能讓他更心安理得待在這個家，或是更有歸屬感，那就讓他這麼做，妳懂嗎？」我壓低聲音說完，並留意著人還在廚房裡的尙閎。

但我的這番話，之杏卻完全無法接受，她反倒說我冷血。

果然，之杏還是小孩子，她以爲世界只有黑色與白色，她還不能理解世界是由謊言所構成，存在太多模糊的灰色地帶，很多事情看在眼裡，心中也明白，卻不能說出口。

「這不是冷血，是另一種溫柔！我愛他，也眞的把他當作親弟弟看待，就因爲我眞心這麼覺得，才什麼都不說。」

我向之杏解釋，但我知道，之杏不會接受我的說法。

不過她還算聽話，後來就沒再聽她提起。

我把這件事轉述給千裔聽，她只是淡淡地說：「別管了吧。」

我想，千裔自己的事可能已經忙不過來了，可能也沒空分神管這件事吧，但同時我也想起之杏的控訴，以及千裔的冷眼旁觀……

另一件事，則發生在今天早上。

稍早，我出門前，媽媽要我把晚上的時間空下來，說是全家人要一起吃飯。

我滿心狐疑，「全家吃飯？在家吃？還是在外面吃？」

「我們一起去外面吃飯，妳去通知其他人。」

媽媽說了餐廳的名字，我有印象，之前在美食節目看過，是間挺高檔的餐廳。

媽媽端著一杯咖啡回到她的書房，我站在原地想了一會兒，決定回房換上一身適合出席正式場合的洋裝，這才去學校。

搭上捷運之後，我站在車門邊思索。今天是什麼特別的日子嗎？爸媽竟難得主動要全家人一起去外面用餐？

結婚紀念日？不，他們從來不重視這個日子，我連他們哪天結婚都不知道。

相較之下，離婚紀念日還比較有可能，想到此處我不免失笑，但隨即皺眉，這個可能性確實比慶祝任何喜事都要來得高。

我想不出是爲了什麼原因，他們竟如此慎重地召集全家人。

我拿出手機，透過群組告訴大家這件事，之杏開心地表達了她的驚喜，這個小笨蛋至今仍活在自己的象牙塔中，深信爸媽的感情有一天會變好。

眞是個傻子，曾經相愛的情人都可能反目成仇了，何況是未曾相愛的爸媽？他們能和平共處到現在就算得上奇蹟了。

嗯……其實也不能完全算相安無事吧……

我似乎沒有自己想像中那麼不在乎父母的事，一整天都在猜測這次聚餐是何用意，上課心不在焉，忍不住偷傳了訊息給千裔，想聽聽她的看法。

直到我上完兩堂課，千裔才回覆訊息。她的想法跟我一樣，認定今晚的聚餐大概不是爲了什麼好事情。

「但也無所謂吧。」

千裔如此回應。

有時候，她冷漠得讓我無語。

「孟夕旖。」李東揚忽然坐到我旁邊的空位，我趕緊把手機螢幕往下翻。

「怎麼了？」

「幹麼？和男友傳訊息嗎？這麼怕被我看到？」李東揚笑著挑高眉宇。

我盯著他眉毛上的疤痕，覺得好像有哪裡不一樣……

「你剪瀏海了？」

他趕緊抬手遮住自己的額頭，「看得出來？」

「嗯，因爲我發現你眉毛上的疤痕更明顯了。」

「觀察入微耶。」他笑了兩聲，轉而說起巧克力傳情的活動，「後來我們決定自己動手做巧克力，當作巧克力傳情活動的商品，侯乃宣說妳願意幫忙，那應該可以去妳家做巧克力吧？」

我立刻嚴正拒絕，「不行。」

「爲什麼？妳不是說願意幫忙？」

「願意幫忙並不表示願意出借我家廚房呀，況且我爲什麼要幫一堆不認識的人親手做巧克力？」

「有夠小氣的！」他怪叫。

「根本多此一舉，買現成的就好了，七七乳加巧克力之類的不就好了嗎？」

「很沒情調欸，告白送什麼小時候吃的零食啊！」李東揚打槍我的提議，「反正已經決定了，既然拿了學校的贊助費，巧克力就要有些質感才行。」

「那爲什麼不在你家做？」我反問。

「我和陳力諳住在外面的小套房耶，哪有空間讓你們做巧克力啦！」

「你們在聊些什麼？」曲偲齊和侯乃宣正巧從外頭走進來。

我對她們微微一笑，和曲偲齊維持表面上的和諧。

「在說做巧克力的事，孟夕旖不願意出借她家廚房，妳們家呢？」李東揚探問的目光轉向她們倆。

「我家太小了，念庭家裡是三代同堂，所以也不方便……」侯乃宣嘆氣，「我原本以爲夕旖家可以的。」

「我家眞的也很不方便。」話一說完，忽然我靈光一現，如果能去曲偲齊家，是不是有機會發現什麼蛛絲馬跡？所以我開口問：「偲齊呢？」

「我家喔……」她想了一下，「應該可以，晚點和你們確認吧。」

「太好了，如果可以就約這禮拜吧！」李東揚彈了一記響亮的手指。

這件事暫時這麼定了下來。

下課後，我拿起包包就要往外跑，臨走前，我瞥見曲偲齊在跟李東揚說話，他們不知道在聊些什麼，目光同時落在我身上。

「夕旖！」曲偲齊出聲喊我。

我裝作沒聽見，迅速走出教室。

今天可沒空多留，我家可能有大事要發生了，於是我一路急急忙忙，朝捷運站的方向奔去。

經過中庭，眼角餘光注意到車承稷和林虹正坐在樹下的長椅上。

「孟夕旖！我有事要問妳！」他一看到我，立刻站起來大喊。

我也有事要問他，但不是現在。

「聽說妳和李東揚單獨出去，是眞的嗎？」見我沒停下的意思，車承稷這傢伙不死心，居然還提高了音量追問。

這個低能的問題讓我大翻白眼，抑制住想對他比中指的衝動，我充耳不聞地繼續往前跑。

好不容易進到捷運站，我累得直喘大氣。平常從學校走到捷運站，少說也要十五分鐘，今天只用了不到十分鐘，看樣子我眞的很在乎晚上的聚餐。

站在月臺上等候捷運列車進站時，車承稷和林虹居然也氣喘吁吁地出現。

「孟夕旖，妳跑得也太快了吧？」

「你們幹麼？跟蹤我嗎？」我皺眉看著林虹一臉尷尬、上氣不接下氣的模樣。

「我有事要問妳，打電話妳又不接。」車承稷聳肩，「反正我們也要去逛逛，所以一起吧。」

「一起？你們要去哪裡逛？」

「去妳要去的地方。」他異常堅持，讓我覺得十分噁心。

「車承稷，你有什麼問題嗎？這麼糾結李東揚的事幹麼？」我心中的怒火頓時被他點燃，他什麼時候胡鬧都可以，就是今天不行，我趕著要去餐廳！

「李東揚不是一個好人。」車承稷的笑容帶著嘲諷。

「既然他不是好人，你爲什麼要處處模仿他？」我抬起下巴怒瞪他。

他先是一愣，才摸摸右眉說：「我沒有完全模仿他啊，至少這個疤痕就沒有。」

「你是變態嗎？」我冷冷地看著眼前這個莫名其妙的人。

「好了啦，承稷，不要這樣……」林虹慌張地想要緩和氣氛，但車承稷根本無視她的好意。

「林虹，如果妳沒有要站在我這邊，也請妳不要扯我後腿。」車承稷神色冷淡地斜眼看她，「妳喜歡我不是嗎？」

林虹的眼眶一秒轉紅，還眞的就收了手。

「車承稷！」我怒喊。

列車正巧進站，疾駛颳起的強風吹亂我的頭髮，林虹的眼淚也隨風滑落。

「孟夕旖，妳和李東揚在交往嗎？」車承稷堆起笑容，他嘴角勾起的弧度，眼睛瞇起的神態，無一處不與李東揚相像，「還是，李東揚有其他喜歡的人呢？」

「關你什麼事啊，你瘋了！」我幾乎是用吼的，但列車行駛的巨大聲響蓋過了我的聲音。

車門開啓，乘客魚貫走出，我們三個卻誰也沒動，站在原地妨礙到乘客上下車的動線，不時引來白眼。

聽到列車關門的警示聲響起，我立刻衝過去拉了林虹的手就往車廂裡跑，車承稷反應不及，想追來時，捷運的車門正好關起。

「請不要強行進入車廂內！」月臺上，負責疏導尖峰時段人潮的工作人員大喊。

車承稷只能眼巴巴地望著車廂內的我們。

「可惡！」從他的脣型，可以判斷他忿忿地喊了一聲。

接著他拿出手機快速地按了幾下，隨即抬眼惡狠狠瞪著我和林虹。

林虹緊咬下脣，從口袋掏出手機，螢幕上顯示車承稷來電。

下一秒，列車急速前進，把他遠遠拋在我們身後。

林虹緊張得像是又快哭了，我搶過她的手機按下通話鍵，聽到車承稷凶狠的吼聲傳來：「我警告妳，要是妳敢說出林禎的事……」

「林禎是誰？」

一聽聲音是我，車承稷彷彿受到很大的驚嚇，電話那頭陷入久久的沉默，我又喂了一聲，他竟直接掛斷。

「他、他說什麼？」林虹兩手顫抖。

「他要妳別說出林禎的事。」我把手機還給她，「林禎是誰？」

「他不是說了不能說嗎？」林虹接過手機，焦慮的眼珠子左看右看，是有沒有這麼害怕。

「林禎，林虹，難道妳們是姊妹？」

林虹用力搖頭，「不是，林禎跟我沒關係，我們只是名字很像。」

「那她是誰？」

林虹垂下眼簾，雙手緊握成拳。

「林禎和李東揚有關係嗎？她是車承稷一直追著李東揚腳步的原因？」她不說無所謂，我自己推敲，「難道林禎是車承稷以前的女朋友？」

「不是，他們沒有交往過，是承稷單方面很喜歡她而已。」林虹淚眼汪汪，「我眞的只能說這麼多了。」

「我以爲妳才是車承稷的女朋友。」我是眞心這麼認爲。

「他留我在身邊，不過是因爲我們從國中以來一路同校……加上我的名字……」林虹苦笑，她的手機再次傳來震動，她低頭一看，是車承稷傳來的訊息，「承稷要我在下一站等他。」

「妳爲什麼這麼怕車承稷？他會打妳還是怎樣嗎？」

「他不會動粗，只是……有時候當妳很喜歡一個人，妳會害怕他離開，所以不知不覺做出一些很蠢的事。」

「妳是白痴嗎？如果他留妳只是出於一種備胎心態，妳爲什麼不主動離開他？」看林虹一副畏縮的樣子，我忍不住想念念她。

捷運的車速慢了下來，到站提示廣播響起，林虹轉過身面朝車廂門。

「所以我不是說了嗎？喜歡一個人會做出很愚蠢的事，我擔心如果不這麼做，他是不是就會捨棄我、遠離我。」

「這不是愛情！」簡直荒謬至極！

「這才是愛情。」她苦笑。

車門開啓，她走了出去。

車門再次關上，只見她站在月臺上，露出淺淺的微笑，對我揮了揮手。

到達餐廳的時間比我預期的還要早，我心煩意亂，便決定先去附近晃一晃，順便整理心情。

我不是沒有談過戀愛，我也明白每個人對於愛情的定義不同。

可是，愛情絕對不該像林虹那樣扭曲。

也不該像侯乃宣那樣因爲被整了就可笑地喜歡上對方。

更不該像媽媽這樣悲哀的委曲求全。

那我認爲的愛情是什麼？

談戀愛的時候，我向來理性，並保持原有的自我，和平時的我沒什麼兩樣。

這樣的我，眞的知道什麼是愛情嗎？

眼前是車水馬龍的熱鬧街道，我坐在人行道上的長椅，呆呆望著人來人往，第一次覺得如此迷惘。

「孟夕旖，看樣子我們要有緋聞了。」

手機收到李東揚傳來的訊息。

我忽然覺得很難過，也許是因爲腦袋一團亂，居然回傳訊息問他：「李東揚，你覺得愛是什麼？」

一傳出去我立刻就後悔了，馬上輸入：「我開玩笑的，別回我了。」

李東揚仍回傳了一個問號的貼圖，我趕緊關掉螢幕，見時間差不多了，便站起來往餐廳的方向走去。

到餐廳的時候，之杏和尚閎已經等在門口了，他們也穿得相當正式，看樣子大家都和我一樣重視今晚的聚餐。

過沒多久，千裔也到了，她難得化了淡妝。

爸媽則一前一後分別抵達，我們在服務生的帶領之下進到一個包廂。

坐定後，媽媽像往常那樣笑吟吟地與我們閒聊，之杏滔滔不絕地分享在學校發生的趣事，逗得大家放聲大笑，爸爸難得沒有低頭滑手機，主動參與我們的話題。

我提到學校舉辦巧克力傳情活動，之杏還大嘴巴地插話，說我去年收到很多巧克力；千裔談到自己最近正在考慮接下來要繼續念研究所還是就業；尚閎則一如往常在旁邊安靜吃飯，不時被我們的話逗得笑出來。

這種感覺好和諧、好快樂，也好不真實，因爲所謂的天倫之樂向來不會出現在我們家。

這頓飯吃得我好難受，比剛才在捷運裡還要難受。

就在我快忍耐不下去，幾乎就要站起來質問時，千裔率先開口：「今天有什麼特別的事情嗎？」

對我來說，這句話像救命稻草一樣，止住了我內心的尖叫聲。

「怎麼這麼問？」媽媽仍是一貫的優雅，拿起餐巾擦了擦嘴。

「不然怎麼會全家一起用餐？」千裔保持微笑。

我忽然發現，千裔好像媽媽，不論是神情、動作，還有怎麼也看不透的心思，都好像媽媽。

「這不是理所當然的事嗎！」之杏第一個發難，我就知道，她永遠無法冷靜面對我們家的現實。

「之杏。」我瞇起眼睛對她使了個眼色，希望她識相一點。

之杏忿忿地把話吞進肚子裡，拿起叉子猛戳盤裡的蛋糕。

媽媽笑著看向爸爸，輕聲道：「說吧。」

儘管這頓飯的氣氛看似熱絡愉快，但我看得很清楚，這大概是今晚，爸媽第一次目光交會。

爸爸手肘靠著桌面，視線一個一個掃過我們。

「我想你們都這麼大了，應該知道我們家很不一樣。」

「哪裡不一樣？是家裡有個沒有血緣關係的弟弟，還是父母時常不在家？或是家裡很有錢？又或者是你們之間沒有愛？」

今晚的千裔十分尖銳，而我正需要這樣的尖銳，來戳破家裡看似美好的假象。

這些話終於被說出口了，讓我好過不少。

一直以來，我需要聽的，都是實話。

接下來爸媽說的那些事，與我和千裔之前猜測的差不多。

他們終於挑明了說，他們並不相愛，維持婚姻關係全是爲了我們，但之杏無法接受，她大哭大鬧，要爸媽不要再說了。

有時候我很羨慕之杏，即便已經親眼目睹現實，她也能繼續說謊欺騙自己，去相信那美麗的虛假幻影。

「既然你們早就發現我們感情不睦，這樣一來我們也輕鬆許多，不必親口對你們說出殘忍的事實。」媽媽說話的時候，嘴角甚至泛起笑意，狀似輕鬆。

然而，她的眼睛卻傳達出截然不同的情緒。

我很清楚，她是愛著爸爸的。

因爲愛所以成全對方？因爲愛所以選擇放手？因爲愛所以才假裝自己不愛？

我幾乎快控制不住自己，想跟之杏一樣站起來大聲質問媽媽——

妳明明愛著爸爸，爲什麼要隱瞞？

可是當我在瀕臨崩潰的瞬間，瞥見了千裔冷若冰霜的臉，我不由得一愣。

「孟之杏，坐下。」千裔開口要之杏坐下，眼睛卻看著我，那雙凝視我的眼瞳，好像早已看透了我的心緒。

「之杏，不要哭，妳如果不想聽，我們就不說。」媽媽望著之杏，眼中隱含的哀傷或許只有我懂。

媽媽需要的不是之杏這種反應，她需要的是千裔表現出來的冷淡與理性，這樣她才能好好地把她的愛情繼續藏好，才能優雅地與她愛的男人道別。

這是媽媽的決定，身爲子女，我們不該激烈反對，不該去動搖她好不容易下的決定。

如果我愛媽媽，就該支持她，即便那決定很蠢。

「所以我不是說了嗎？喜歡一個人會做出很愚蠢的事。」

林虹的話在我腦海中響起。

但是之杏不會理解的，她就是會大吵大鬧，寧願父母貌合神離住在一起，也不想他們分開。

不過出乎我意料，之杏竟乖乖坐下，我很驚訝，她這次爲什麼會這麼聽話？

媽媽明顯鬆了口氣，她看了爸爸一眼，微微頷首，爸爸輕咳一聲才開口。

「我們之間沒有愛情，這段婚姻之所以會存在，是因爲兩方家族需要一場聯姻。」

爸爸娓娓道出他與媽媽之間的過往。爸爸媽媽的家族都事業有成，雙方合作密切，家族時有聯姻，好讓合作關係更爲穩固。

爸爸跟媽媽也在長輩的安排下結爲夫妻，但他們始終無法愛上彼此，即便生下三個孩子，夫妻之間依然只能做到相敬如賓，只把對方當作同住一個屋簷下的室友。

於是彼此之間的感情越來越淡薄，甚至完全不想碰觸對方，爲了滿足雙方家族對於擁有一個男性繼承人的期待，所以才到育幼院領養了尙閎。

「所以……你們要離婚嗎？」之杏聲音顫抖。

聞言，我們其他三人也一同望向爸媽。

我屏息以待，告訴自己不管聽到什麼答案都不要過度反應。

「我們不會離婚，但也不會在一起。」他們幾乎是同時開口。

這意味著，他們將繼續維持有名無實的夫妻關係，只是選擇分居，各過各的生活，而他們的痛苦仍舊延續。

爸爸完全沒有提起我小時候在他相簿裡看見的那個女人。

我該問嗎？該現在問嗎？

爸爸說他會搬離家裡，離開家之後，他會去哪裡？去那個女人那裡嗎？

媽媽呢？她這一生還有機會再愛上別人嗎？

令我最訝異的是，媽媽明明愛著爸爸，卻同意爸爸與她分居。

之杏的眼淚沿著頰邊無聲滑落，如此安靜接受一切的她，真不像我所認識的孟之杏。

忽然間，我覺得呼吸困難，忍不住抬頭看向千裔，千裔是最可靠的姊姊，她永遠都是我的倚靠，只要有她在，我就覺得不會有過不去的事情。

一直以來，她都會主動挺身介入，讓事情變得沒那麼糟。

然而這次千裔卻表現出與平日不同的舉動，她陡然起身，面無表情地開口：「說完的話，我還有事情，先離開了。」

我大吃一驚，聽見鞋跟踩踏的叩叩聲響，看著她離開的身影，發現千裔的背上彷彿長出了一雙巨大的黑色翅膀。

我雙肩一抖，不小心碰倒放在桌上的水杯，白色的桌墊濕了一灘。

「夕旖，水有濺到妳的衣服嗎？」媽媽問。

我抬起頭，竟看見她的背後也長出一雙黑色翅膀。

我差點驚叫出聲，心慌意亂地瞥向之杏，一樣的翅膀也出現在她的身後。

「夕旖，妳沒事吧？」尚閎擔心地問。

我看向他，還好他沒有，爸爸也沒有，他們都沒有長出什麼翅膀。

微微側過頭，一旁的落地窗映照出我的身影，我的背後竟有一雙白色翅膀。

黑天鵝，我曾經以爲那意指掠奪。

我認爲自己應該是隻黑天鵝，爲了不踏上媽媽的後塵，爲了擁有自己喜歡的人事物，不論如何，我都要成爲第一。

可是，爲什麼如今我才是可憐兮兮的白天鵝？

我霍然站起來，轉身就往外跑，媽媽在後頭喚我，我胡亂扔下一句：「我忘了今晚和朋友有約，先走了。」

看著這樣的爸媽，我無法像千裔那樣淡然處之，也做不到像之杏那般忠於自己的心，直白地大哭大叫，更無法像尙閎一樣全力支持爸媽的決定。

我一路狂奔，在繁華的鬧區街道上，卻感到異常孤獨。

直到跑到一個噴水池邊才放慢腳步，頹喪地蹲了下來。

才剛蹲下，我忍不住哭號出聲，像個失戀的可悲女人。

一直以來，我總是要求自己在外人面前表現得舉止得體，外表光鮮亮麗，就是我面對世界的武裝，可是那樣的武裝其實脆弱不堪，一擊即潰。

我茫然望向噴水池，水面倒映出我的臉，幻影彷彿還存在，背後的那雙白色翅膀輕輕晃動。

我就像一隻在湖岸邊的白天鵝。

第七章

不知道過了多久，雖然激動的情緒已經漸漸平復，眼淚仍一顆又一顆地從眼角無聲滑落。

從小到大，我哭的次數用五根手指頭都算得出來，在今天之前，我都不知道自己體內原來藏有這麼多眼淚。

同時我也感受到都市人的冷漠，我獨自蹲坐在人來人往的噴水池邊哭泣，卻沒半個人上前關心，也沒有人遞給我一張衛生紙……

就在此時，忽然有塊像是布的東西罩在我頭上，眼前頓時一黑，我正想把這塊布從頭上拉開，卻聽見熟悉的嗓音響起。

「孟夕旖，原來妳有這一面呢。」

我大吃一驚，是李東揚的聲音。

爲什麼？他怎麼會在這裡？

「妳要繼續蹲著嗎？曲偲齊、于念庭、侯乃宣還有陳力諳都在附近。」

「他們也在這裡嗎？」我立刻抓緊罩住我整顆頭的那塊布，摸到兩條長長的袖子，才發現這是件外套。

「不，他們在對面的超市，曲偲齊後來說她家也不方便，所以我們決定買現成的巧克力。我比約定的時間晚到，正要進去超市，就看見妳從另一頭跑過來。」他似乎已經在噴水池邊坐下。

「所以你什麼都看見了？」

「還聽見了。」他的聲音聽起來像在笑，「妳就哭吧，反正沒人知道妳是誰。」

「你知道我是誰。」我悶悶地說。

「那又如何？」

他說出這句話的時候，我彷彿能看見他聳肩的模樣。

我顧不得這麼多了，在被外套覆蓋的黑暗中，我的眼淚不斷滑落，雖不至於到嚎啕大哭，卻怎麼都停止不了流淚。

李東揚就這樣坐在我旁邊，而我則跪坐在地上，不在乎我的裙襬會不會被弄髒。

這一幕，或許看在外人眼中，會覺得很像偶像劇的畫面吧。

「妳看妳的膝蓋。」當我停住眼淚，正要站起來的時候，李東揚首先注意的是我的膝蓋。

「很髒嗎？」我會這麼問的原因，是因爲外套還蓋在我的頭上，沒有拿下。

「妳可以自己看。」我感受到他要伸手過來掀起外套，連忙阻止他。

「不要拿起來！我臉上的妝一定都花了！」

「妳們女生不是都喜歡用強調防水功能的化妝品嗎？現在不就正好可以印證看看是不是眞的防水？」他手伸了過來，眞的要強拉掉我頭上的外套，我趕緊退後，腳卻踩了空，整個人重心不穩往後仰倒。

透過外套飄起的縫隙，我瞥見李東揚輕鬆地跨出一步，伸手攬住了我的腰。

外套從我的臉上滑落，掉落在地上，李東揚帶著笑意的臉離我好近，這個瞬間我竟然不能動彈。

「孟夕旖，妳的妝沒有花。」他輕聲地說，扶我站穩後，便彎腰撿起他的外套。

我久久不能言語，不知道該說什麼，我好像低低說了聲謝謝，又好像沒有。

李東揚沒有離開，將外套拍了拍，遞給我：「天氣開始變涼了，妳要不要穿上？」

「你不問我爲什麼哭嗎？」

「我會問呀，但還在找時機。」他直接幫我披上外套，「既然妳自己先開口了，何不順便講呢？」

我從包包裡拿出鏡子一照，沒想到哭得這麼慘，妝還眞的沒花，我趕緊用衛生紙輕壓眼尾。

「啊，他們出來了！」李東揚忽然喊。

我下意識回過頭去看，瞥見他們的身影就在對街。

這副狼狽的模樣我可不想被其他人看見，正想轉身跑開的時候，李東揚卻抓住我的手腕，往另一個轉角跑去。

「這邊！」他帶著我跑過一條又一條的街道。

我不知道他拉著我要跑去哪裡，我的眼睛只能望見他的頭髮隨著身體的擺動而不斷揚起、落下，現在的我什麼都沒辦法思考，只能這樣直直盯著他的後腦勺。

終於從鬧區離開，李東揚放慢腳步，拉著我步上一條光廊步道，步道兩旁種植著菩提樹，樹與樹之間懸掛著許多漂亮的七彩燈泡一明一滅，步道前方有座白鐵鑄成的涼亭，外觀看起來好似一座由鐵欄杆搭建而成的鳥籠，一串串閃爍的燈泡纏繞在上頭，在夜裡看起來美麗極了。

「他們應該沒有看到我們。」李東揚一手依舊拉著我，沒有放開的意思，另一手則從口袋拿出手機，「他們打電話來了。」

「這……」我才開口，李東揚已經接起電話喂了聲，我趕緊閉上嘴。

「我有事情沒辦法過去了，真的很抱歉，明天請你們喝飲料。」他一邊說一邊看著我微笑，被他抓著手腕讓我怪彆扭的，所以我用力抽回手。

李東揚瞥了我一眼，挑了挑眉，脣角勾起，又說了幾句才掛斷電話。

「這邊是情侶約會聖地吧。」李東揚左右看了看，雙手叉在腰際上，「不過今天剛好沒什麼人，我們坐在這邊聊聊如何？」

「要聊什麼？」想到要與他單獨待在這裡，我有些不自在。

「妳爲什麼哭，還有爲什麼要傳訊息問我愛是什麼？」李東揚神態認眞，看樣子他是眞的想知道。

「那你又爲什麼說我們要有緋聞了？」

「那天我不是和妳家人一起去吃飯，最後還去逛市集嗎？似乎被同校的人看見，於是消息就傳開了，今天有很多人來問我是怎麼回事。」

「你怎麼說？」

「就說我只是去和妳的家人吃飯而已，又不是單獨和妳去吃。」

我瞪他一眼，「你這種回答只會讓流言被傳得更誇張。」

李東揚笑了，彷彿這就是他的目的。

「坐一下吧，我們聊聊天？」他走到光廊上的一張石椅坐下，他拍拍旁邊的空位，示意要我過去。

也罷，此刻我還不想回家，至少等眼睛的浮腫消退了一些再說。

我走到李東揚對面的石椅坐下，「那來交換情報吧，李東揚。」

他看了一眼自己身旁的空位，又看向我，笑了笑，「我可沒有什麼情報可以提供給妳，而且我傳給妳的訊息妳還沒有讀。」

「訊息？」我拿出手機，發現螢幕上顯示好幾則未讀訊息。

其中有幾條來自尙閎：

「我們和爸媽先回家了。」

「之杏一直在哭，妳和千裔什麼時候會回來？」

「爸爸說要搬出去。」

我點開和千裔的對話框，她同樣也問我幾點回家。

「聽尚閎說，妳在我之後也離開餐廳了，妳在哪裡？」

「我現在和朋友在一起，大概一個小時後回家。」我回了訊息給千裔。

「朋友？上次那個男生嗎？」

不愧是千裔，直覺很敏銳。

「是，但不是妳想的那樣，等等我們約在捷運站一起回家吧。」

「好。」千裔回應。

沒有千裔，我一個人無法擔當起姊姊這個角色。

然後，我再次點開和尚閎的對話框，跟他說我會和千裔一同回家，要他多費點心，先照顧之杏。

最後，我才點開與李東揚的對話框。

「愛是在妥協中找到能接受的折衷點。」他如此寫著。

「折衷點嗎？」我笑了一聲，或許眞的就是這樣。

「是一個妳退一步，對方也退一步的折衷點。」李東揚兩手手肘靠在膝蓋上，「這種說法適用於任何一種愛，不論親情、友情或愛情都是。」

「你也曾經找到過折衷點嗎？」我問。

他眼珠子轉呀轉的，微微扯動嘴角，用食指比劃著自己的右眉，「我受傷之後，才懂得要找尋折衷點。」

我想起他之前提到，眉毛上的傷疤是因爲和別人打了一場打架。

「打架怎麼會是折衷點？」

他難得顯露尷尬的表情，「爲了一件無聊的事情打架。」

「什麼事？」

「就……那時的女友似乎和她的粉絲抱怨我對她沒有很上心，之後那個粉絲跑來找我麻煩，當年血氣方剛，我也懶得解釋，就直接動手了。」

「然後你打輸，還被弄傷了？」

「不是！」他馬上否認，似乎很介意「打輸」這個詞，「其實根本也不太算打架，反正就是在推擠之間，我不小心跌倒，撞到花圃的尖角，流了很多血，還縫了兩針。」

「感覺好白痴。」

「是啊！年少輕狂啊。」他哈哈笑了兩聲，兩手在大腿上一拍，「也就是那一次，我才發現我的折衷點。」

他抬起頭注視我的眼睛，「就是當對方和別人碎嘴我們之間的事情時，就可以分手了。」

我翻了個白眼，「這叫臨界點吧。」

「哈哈哈，應該說，一旦發現我對對方已經沒有喜歡的感覺，就很容易表現在日常的相處上，當我沒有把對方的事擺在第一或第二順位，那表示我已經不喜歡她了，我連妥協都不願意，更別提各退一步找尋什麼折衷點了。這種時候何必再繼續和對方在一起？選擇分手與遺忘，才是正確的呀！」李東揚一口氣說完後看向我，尋求我的認同。

「你說的沒錯，很狠心，但是沒有錯。」我點點頭。

「是呀。」李東揚歪頭笑著，「所以呢，妳在哭什麼？應該不是爲了愛情，也不是爲了友情，是妳家人發生什麼事了嗎？」

「難道哭泣的原因就只有這三種可能嗎？」

「當然不是啊，只是以我們現在的年紀，最有可能是爲了這三種原因而心煩。難道妳是因爲工作上受到委屈，還是被同事陷害，或是遭到不公平對待？」

「李東揚，你這麼好辯很討人厭喔。」我不悅地擰眉，「但你沒猜錯，我是爲了家裡的事心煩，可是我不知道自己爲什麼會哭，我連現在爲什麼要坐在這裡和你談話都不知道。」

「是妳先說要交換情報的。」他兩手一攤，一副莫可奈何的樣子。

我朝他吐了吐舌，這麼一來一往地爭論，心情的確輕鬆不少，「我不能告訴你我家發生什麼事，畢竟那是我的家務事。」

「這我能理解，我也沒有非要知道不可。」他點點頭。

「……你對黑天鵝有什麼想法？」

「黑天鵝？」李東揚疑惑地問。

「嗯，黑天鵝。」

「極度不可能存在，卻又存在；在意料之外，卻又能改變一切。」

「你在說什麼？」我實在聽不懂他剛才說的那串話。

「妳講的是《天鵝湖》裡的黑天鵝對吧？而我說的，則是黑天鵝效應。」

那是什麼東西？

「十八世紀，歐洲的天鵝都是白的，所以歐洲人認為天鵝只有白色品種，當他們發現澳洲有黑天鵝的時候，大大改變了他們對天鵝舊有的認知。這表示，以往認為對的不等於以後都是對的。後來『黑天鵝』便用來隱喻那些在預期之外、甚至被認為是不可能發生的事，這些事在發生之前，沒有任何前例，然而一旦發生，就會帶來很大的改變。」李東揚娓娓道來。

「所以《天鵝湖》裡的黑天鵝，不是象徵著掠奪？」

「我不知道那齣芭蕾舞劇和黑天鵝效應有沒有關連，但妳想想看，除了掠奪以外，黑天鵝這個角色不也代表著改變嗎？她一出現，王子的心就改向著她。」李東揚繼續往下說：「呼應到現實生活，每次談戀愛的時候，我們都覺得自己和對方可以永遠相愛，但是當下這麼想，不代表以後都會這麼想。當黑天鵝出現的時候，我們改變了原有的想法，不是因爲後來者的出現毀了這段感情，而是人們在熱戀時，沒有假設後來者出現的可能性。」

「我以爲我是黑天鵝。」說著說著，我的眼淚再次掉了下來。

不論是之杏、千裔還是媽媽，在我心中，她們各自都有原本該有的樣子。

一直扮演著潤滑角色的千裔，在剛剛那樣的場合卻選擇先離席，拋下我，一個人離開。

一直以來爲了能待在爸爸身邊，裝作從沒愛過爸爸的媽媽，竟答應和爸爸分居。

總是像孩子般吵吵鬧鬧的之杏，竟能安靜下來，目睹爸媽戳破家庭和樂的表相。

這些全都在我意料之外。

每個人的想法都有固著性，一旦在腦中產生了一套理論，可能終其一生都無法改變那套想法。是不是因爲這樣，所以當千裔她們做出推翻我原有認知的行爲時，她們就成了我的黑天鵝？

黑天鵝指的不是搶奪，而是改變。

因爲我一直都沒有改變，也不願改變，所以我反倒成爲黑天鵝群裡的白天鵝。

「白天鵝也很好啊。」李東揚走到我面前，蹲了下來，伸手擦去我的眼淚。

他的手好溫暖，動作好輕柔，彷彿我是個需要好好保護的易碎品。

我吸吸鼻子，哽咽地問他：「你知道天鵝的英文是什麼嗎？」

「SWAN。」他微笑。

「所以那個巧克力，到底是……」

「也許，那是我的黑天鵝。」

李東揚的話讓我心頭一震，他凝望著我的眼神如此溫柔，眼中蘊含的情感如此深沉，我警覺到繼續和他四目相交，事情可能會往另一個方向發展，連忙別開視線。

我突如其來的舉動讓李東揚微微一愣，他笑著站起身，坐回對面的石椅上。

我們兩個人陷入一陣沉默，我假裝欣賞掛在樹與樹之間的彩色燈泡，順著一排排小燈泡看過去，後方的白鐵鳥籠涼亭看起來宛如一座教堂。

我知道他的目光沒有離開過我。

「妳要拍照嗎？」李東揚忽然問。

「不、不用。」

見我說話竟有些結巴，李東揚臉上的笑意擴大，「孟夕旖，妳害羞啦？」

「我、我沒有害羞，你不要亂說。」一股燥熱湧上我的臉頰。

「有呀，講話結巴，眼睛又不敢看我，不是害羞是什麼？」

「你不要亂說，我只是……」

「只是什麼？」他身體微微向前傾，臉上帶著壞壞的笑容。

「我只是想拍照！」我趕緊站起來，打算走去涼亭。

沒想到李東揚迅速起身，兩三步移動到我身邊，拉住我的手腕。

「你、你幹什麼？」

「只是拉著妳的手腕，又不是牽手，這沒什麼吧？」他似乎以觀察我的反應爲樂。

「李東揚，你竟然是個無賴。」

「之前不是說我是流氓嗎？」他挑高眉峰，裝出無辜的表情。

「是流氓，也是無賴！」

「是嗎？那這是黑天鵝效應嗎？」他歪頭，故作一臉困惑。

「那也要看你改變了什麼才算！」話雖這麼說，我卻感受到自己的心跳得飛快。

的確有東西改變了，像是我的心跳頻率。

他爽朗的笑聲帶著明顯的愉悅，拉著我的手往巨大的白色鐵籠走去。

「我後悔了，我不想拍照了！」和李東揚在這種燈光美、氣氛佳的地方一起拍照，怎麼說都太奇怪。

「不要反悔喔，要不是爲了躲他們，我們也不可能走到這邊，機會難得就拍一下吧。」李東揚從口袋掏出手機，「站好，我要拍嘍。」

「我不要……」話才說到一半，他已經按下拍攝鈕，我反應不及，「喂！」

看。

「我就說要拍了呀，妳看妳的臉。」他望著螢幕發笑，走到我旁邊把手機遞給我

「明明就逆光，整個人都黑的，最好看得清楚我的表情是怎樣。」背後的白色鐵籠倒是照得挺漂亮，只是我整個人黑成一團。

「那換個方式照吧。」李東揚說完，忽然伸臂攬住我的肩膀，對著鏡頭露出微笑，迅速完成自拍。

李東揚心滿意足地看著螢幕，然後把手機收進口袋，走回石椅坐下。

「……剛剛是什麼情況？」我仍處於震驚之中，呆站在原地一動也不動。

「拍照呀，成果還不錯唷，我等一下傳給妳。」

「不是，你爲什麼要跟我合照？」我抬起左手搭上自己的右肩，摸向那處剛才被他碰觸過的地方，「還有你爲什麼要搭我的肩？」

「我的手機鏡頭沒有廣角，不靠近一點我怕拍不進去。」他理所當然地說出不是我要的答案。

「我是說，你爲什麼要跟我一起拍照！」

「這麼漂亮的地方，妳不會只想自己照吧？那太不公平了啊！」

「不是，你不要故意胡亂回答，我是說，你剛才爲什麼做出那個舉動？」我拍拍自己的肩膀。

「妳覺得討厭嗎？」

這下子反倒是我被他的問題堵得說不出話來，我微微張著嘴，有些茫然。

李東揚笑了笑，站起來拉著我的手走回椅子，一起並肩坐下。

「……我不討厭。」我抬起下巴，顧不得自己滿臉通紅。

李東揚一聽，笑得更開心了。

「李東揚，我有事要問你。」

「什麼？」他眉眼含笑地看向我。

即便此刻的氣氛曖昧，但我仍有滿腹疑問想釐清。

「林禎是誰？」

笑意頓時從他臉上褪去，「妳怎麼會知道這個名字？」

「你先回答我。」

「這個啊……」他撓了撓頭，握著我的那隻手始終沒有鬆開，「她是我以前的女朋友。」

果然是這樣……

「那車承稷呢？」

「誰？」

「資工系的車承稷，就是一直在模仿你的那個人。」為了喚起他的記憶，我還拿出手機給他看照片。

「我眞的不認識他，他跟林禎有什麼關係嗎？」

「我不知道，但是很奇怪……」我告訴他，車承稷威脅林虹不能向我提起林禎，但我隱瞞了曲偲齊和車承稷兩人似乎相識。

「林虹？我也不認識這個人。妳說他們都認得我？而且感覺不像是上了大學以後才知道我的那種認識？」

「好像以前就認識你了一樣，會不會是你國中或高中的同學，只是你記不得了？」

「怎麼可能，再怎樣也不會全無印象吧。」李東揚眉頭深鎖，「這種感覺眞討厭。」

「沒印象就別想了，總之我已經把這件事告訴你了，你小心點吧。」我站起來，把披在身上的外套拿下來還他。

「要小心什麼？難不成他會來攻擊我嗎？」李東揚勾起嘴角，卻不肯接過外套，「妳穿回去吧，天氣開始轉涼了。」

「不要，穿你的外套回家，感覺很奇怪。」我堅持還給他。

聽我這麼說，他不知在開心什麼，故意笑著靠向我，「是嗎？有多奇怪。」

「走開啦！」我推他，但李東揚文風不動，「你要幹麼？」

「沒幹麼啊，只是看著妳都不行？」

「看就看，你挨那麼近幹什麼！」我一臉警戒地再次推他，他卻故意靠得更近，雖然沒有碰到我的身體，可是就是很近，感受得到他體溫的那種近。

「因爲我近視，不近一點看不見。」他居然連這種謊也扯得出來。

「你現在是想怎樣？」我身體稍稍往後，意圖遠離他。

「沒想怎樣啊，不如妳說說，妳覺得我想怎樣？」他一派輕鬆地聳聳肩。

「爲什麼是我說？」

「因爲是妳說我奇怪的啊。」他痞痞一笑。

「好，那我說。」我瞇起眼睛，話鋒一轉，「林禎現在在哪裡？」

李東揚笑了聲，「妳是會介意前女友的那種類型？」

「我只是覺得這件事很詭異，爲什麼車承稷和林虹都會提起林禎？」

「是滿奇怪的，我改天問問以前的朋友吧。」他轉了轉眼珠子，又說：「哦，對了，我眉毛上之所以有這道疤，原因跟林禎有關。」

「什麼？」我立刻瞪大眼睛，「這麼重要的事你現在才講！」

「這很重要嗎？事情都過去很久了，而且我和林禎完全沒有聯絡，也不知道她現在在哪裡。」他看起來不像是在撒謊。

「怎麼可能完全沒有聯絡？」我有些訝異。在這資訊發達的世代，要完全斷絕某人的消息並不容易。

「眞的呀，況且我也沒刻意打聽她的消息，她已經消失在我的生活與朋友圈裡。」李東揚解釋，「而且我連她長什麼樣子都忘了。」

「李東揚，你也太誇張了！你跟她交往過，怎麼會連她長怎樣都忘了？」我忍不住打了他一下。

「我之前不是說過嗎？人的記憶空間是有限的，所以我把那些都忘了，不只她呀，我幾乎記不得所有前女友的長相，印象都很模糊了。」

「但那是曾經喜歡過的人，你居然……」

「就是因爲曾經很親近，所以分道揚鑣以後才更加陌生吧。家人再怎麼疏離都是家人，情侶分手了就什麼也不是，我不覺得忘掉她們有什麼不好。」李東揚忽然把臉湊到我面前，「難道妳覺得有一個喜歡懷念過去的男友比較好？」

「當然不是……」我瞪大眼睛，覺得好像有哪裡不對，立刻反問：「你說什麼？」

「男友呀。」他用拇指比了比自己。

「誰的男友？」我歪著頭。

「男友。」他先用食指比向我，又用拇指比了自己。

「不要亂說話！」這種發展是怎麼回事？

「對於某人的親近沒有反感，就是喜歡的開始。」他露出充滿自信的微笑，然後看了一下手錶，「時間晚了，妳要和我繼續待在這裡，還是讓我送妳回家呢？」

「我要回家了。」我再次試著把外套塞回他手上，但他依然堅持讓我穿回家，「我可以自己回去。」

「我送妳吧。」他主動拉起我的手走回停機車的地方，一路上不論我怎麼甩，他始終不肯放開。

好，可能我也不是眞心想要甩開。

「如果你是這個意思。」我搖晃了一下他拉著我的手腕，「爲什麼你要幫陳力諳？」

「那是一個折衷點。」他側過頭看我，「妳有選擇的權利。」

「聽起來很有道理，也表現了你的紳士風度。」我輕嘆一口氣，「可是根本不是這樣吧。」

「哦？不然是怎樣？」他從車廂裡拿出安全帽爲我戴上。

「其實你知道我對陳力諳沒有意思，所以讓他向我告白，在我拒絕他之後，你反而可以名正言順……」我驀地停下來，差點就要講出不得了的話。

「名正言順地怎樣啊？」他像是抓到我的小辮子一樣，窮追猛打地問。

「沒什麼。」我扣上安全帽的扣環。

「妳是說這樣嗎？」他再次拉起我的手，但這一次是牽著，是手心與手心交疊。

「欸！」我像觸電般叫道。

「孟夕旖，不管妳承不承認這件事，我是承認了。」

「你總是這樣強迫人嗎？」我瞇起眼睛。

「那妳總是這樣不乾不脆嗎？」他學我瞇起眼睛。

「不要混爲一談。」我用力甩開他，「你不是對曲偲齊有意思嗎？現在又忽然對我這樣，你是人格分裂還是想兩邊通吃？」

「兩邊通吃？怎麼可能？就算想，也要兩邊都對我有意思才行啊，這表示妳對我有意思嗎？」他不正經地回答。

「李東揚，不要跟我打哈哈，我不會屈就一段不清不楚的關係，所以讓開，我自己搭捷運回去。」我把安全帽拿下來，用力丟到他的懷裡，掉頭就走。

「喂，孟夕旖！」

李東揚在我身後大喊，我腳步絲毫未停。

就算正值脆弱的時候，也要讓自己看起來很優雅，我刻意挺直了背，留給他一個堅強的背影。

「孟夕旖！」李東揚追過來，拉住我的手。

「這是怎樣？」我瞥了他一眼。

「我送妳回去。」他帶著好笑的表情看著我，「妳眞的很有趣耶。」

「我要聽的不是這種話。」

「反正，曲偲齊的事是個誤會。」

「誤會？」我加重語氣。

「就是……怎麼說……」他撓著頭，我第一次見他如此不知所措，「我只是想測試妳的反應，看看自己有沒有機會。」

「啊？」我沒想到是意料之外的答案。

「我就是想要看看妳會有什麼反應啦！」他突然大聲起來，一副理直氣壯的模樣。

「這什麼意思！」我不甘示弱地吼回去，同時覺得很好笑，「還有這樣的喔？」

「有啦有啦！反正我跟曲偲齊沒有什麼，我對她沒有其他想法！」他將我帶回機車旁邊，把安全帽用力往我頭上一套。

「你輕一點啦！」

「反正，妳不要亂想就對了！」他看起來有些焦躁，坐上機車後，扭頭對我說：「快上來。」

這種感覺挺新鮮的，他是用半強硬的態度掩飾他的害羞嗎？

「李東揚，你其實也沒那麼從容嘛。」我坐上機車後座，在他身後輕聲笑著。

他沒說話，不知道是裝作沒聽見，還是真的沒聽見。

他默默拉起我的雙手放上他的腰際，我原本想抽手，但轉念一想又作罷。

我有些跟不上事情的發展，忽然之間，我們兩個人好像就……

算了，不要去想，反正他要承認什麼是他的事，我……我還是沒有覺得自己喜歡他。

即便我很在意他。

到了我家樓下，我下了機車，把安全帽還給李東揚。

「到家LINE我一下。」

「我現在就到家了啊。」不然現在我是在哪裡？

「我是說到了妳家裡面、妳的房間，跟我說一聲。」他耐心地叮嚀。

「嗯。」我從沒被別人這樣交代過，或者，該說是關心？

總之我並不反感，提醒他騎車小心點後，才轉身進了大樓。

直到走進電梯，我才忽然對今晚發生的事回過神來，忍不住摸了摸發燙的雙頰。

這時，我突然想起，自己不是跟千裔約好在捷運站碰頭再一起回家嗎？居然忘了！

連忙掏出手機傳訊息給她，並趕回一樓的會客室等待。

過了十分鐘，終於等到千裔出現，她上下打量我，食指輕點了我的額頭一下，「算了，情竇初開，原諒妳。」

「什麼情竇初開，我又不是沒有談過戀愛。」我拿起包包，嘟著嘴跟在她後面。

千裔旋身說：「所以妳承認了？真的在談戀愛？」

「不是啦，唉唷，我不要跟妳聊這個。」我覺得臉上的溫度越來越高，趕緊越過千裔，朝電梯方向走去。

「那妳晚上去了哪裡？」換我問她。

「隨便走一走。」她淡淡地說。

從她的表情看來並不是那麼一回事，我不明白她眼底隱隱約約的哀愁，究竟是因爲爸媽，還是因爲她自己。

千裔是不是發生什麼事了？

我漸漸發現，即便我跟千裔感情很好，還是有很多事情不會與對方分享。

隨著年齡增長，我體悟到，許多事情與許多情緒，都只有自己可以處理。

我們兩個回到家後，發現之杏和尙閎都已經睡了。

我和千裔互道晚安，各自回房。

洗完澡後，我傳訊息給李東揚，告訴他我到家了，隨後便帶著笑容在床上沉沉睡去。

第八章

巧克力傳情的活動總算開始了，那天我們六個主要工作人員請了一整天公假。

于念庭站在教室門口提供活動諮詢服務，侯乃宣和曲偲齊負責登記訂單並收取費用，我在一旁將告白者寫下的小卡與巧克力裝進網狀束口袋中，陳力語和李東揚則負責調查被告白者的課表以及上課教室。

令我意外的是，這次參與的人數比去年更多，報名時間截止之前都還有人在排隊，于念庭只好站在排隊人龍最末處，滿臉遺憾地告訴來晚的人名額已滿，最後的報名人數總計約有一百三十個人左右。

「扣除掉中午吃飯時間，我們大約還有四個小時左右，應該可以分送完所有巧克力。」李東揚和陳力語動作很快，已經調查完所有被告白者的課表與可能在校時間，並排好了跑班的先後順序。

「等一下，我也要向某個人告白。」于念庭舉手，然後自己拿起登記表寫上名字，「他第八堂還有課，所以把他放在最後吧。」

我們三個女生全都驚訝地把目光集中到她身上，侯乃宣問：「妳什麼時候有喜歡的人了，怎麼沒有跟我們說？」

「妳們現在不就都知道了嗎？」于念庭露出無辜的微笑，「而且妳們等一下還可以看到他。」

「誰啊？什麼系的？」侯乃宣滿臉好奇。

「你們等一下就知道了啦！」于念庭雙頰微微泛紅。她這反應眞是少見，戀愛果然很不可思議，可以改變一個人原有的行爲舉止。

於是我們開始爲待會兒的活動進行準備。

差點忘了說，這次活動有項重要規定——不能對工作人員告白。

這規定引來頗多女孩子的不滿，她們的目標當然是李東揚。

李東揚相當感謝這項規定。

「其實我很怕巧克力。」他這麼說。

「那你去年還……」我立刻住嘴，因爲他送我巧克力的事，沒有第三個人知道。

李東揚瞇起眼睛，賊賊地朝著我笑，彷彿就算我不小心脫口而出，他也無所謂。

「什麼事呀？」曲偲齊提著裝滿巧克力的籃子走過來。

「要不要我來拿？」李東揚巧妙迴避了她的問題。

「好呀，謝謝你。」曲偲齊說完，便笑盈盈地朝李東揚靠過去。

這一幕讓我很不爽，忍不住出聲喊：「李東揚！」

「怎麼了？」他停下腳步，眼神溫柔地看向我。

曲偲齊和其他人也都停下腳步，眾人目光齊齊落在我臉上，曲偲齊表情怪異地看著我。

我抿了抿唇，這種有話不能說的憋悶，我還是初次經歷。

「沒什麼。」最後，我什麼也沒說，逕自往前走。

「幹麼話說一半？」李東揚笑著追上我。

我回過頭，瞥見曲偲齊眼中帶著幾分陰冷。

好吧，我沒有毫無顧忌地直接把話說出來，這點很不像我，但至少現在李東揚追在我身後，而曲偲齊正看著這一切。

我不得不承認，這種心情還滿爽的。

我們來到第一間教室，被告白者是中文系的女孩，由李東揚先進教室和老師打招呼，他一說明來意，班上同學立即發出驚喜的叫聲，然後由陳力諳拿著巧克力送給女方，我則負責念出卡片上的內容。

妳知道我一直都很喜歡妳。

班上再次爆出幾乎要掀翻屋頂的尖叫聲，被告的女孩滿臉通紅，老師笑吟吟地感嘆年輕眞好。我們快速地走向下一間教室，找到另一個女孩，然後重複一樣的程序。

當然，過程中也發生了一些意外狀況。有幾間教室相隔太遠，我們得用跑的，才能在預定的時間內完成任務；有幾次則是被告白者蹺課，我們的到來反倒讓教授發現那人缺席。

而被告白者的反應不外乎就是三種，有人收到時驚喜交加，有人則滿臉尷尬，還有人表明不收。

大體來說，這次的巧克力傳情活動算得上順利。

我們終於送完最後一份巧克力之後，就輪到于念庭去告白了。前往于念庭指定的教室途中時，侯乃宣忽然停下腳步，並喊住陳力諳。

「等一下。」

我們所有人都明瞭是怎麼回事，所以很識相地主動表示要先離開，但陳力諳好像不想我們這麼做。

「去年明明是你先送我巧克力，爲什麼如今你卻不肯承認？」侯乃宣蹙眉，不顧我們還在場，大聲問了出來。

「什麼？」陳力諳果然滿臉問號。

「啊，你們先去吧，我留下來，不然念庭會來不及告白。」罪魁禍首曲偲齊趕緊把我們三個趕走，卻不知其實我們什麼都知道。

我和李東揚交換一個眼神，裝作毫不知情，跟著于念庭來到一間教室外。

「不好意思，打擾一下。」李東揚一馬當先走進教室，教室裡瞬間一陣鼓譟。

「巧克力傳情啊，好吧，是哪個幸運兒？」教授似乎也樂見其成，把書本往講桌上一放，興致盎然地看著我們。

我和于念庭隨即進到教室，班上的人一看見于念庭，頓時開始起鬨，目光不約而同落向一個坐在窗邊的男生。

「啊……」那個男生看起來十分靦腆，我對他有點印象，之前看過幾次于念庭搭他的車。

于念庭拿著巧克力，直接朝對方走去。

那個男生馬上站起來，收下巧克力後，吞吞吐吐地解釋：「我想說不能對工作人員傳情，所以……」

「沒關係，所以我來對你說。」于念庭露出美麗的微笑，「和我交往吧。」

「這句話應該要由我來說。」男生難掩欣喜地抱住于念庭，只差沒有轉圈圈。

班上同學有的驚呼，有的鼓掌，異口同聲大喊著親下去，下課鐘聲正巧在此刻響起。隨著這節課結束，一對情侶也誕生了。

「沒我們的事了。」我小聲對李東揚說。

他盯著那個男生看，「他好像是我國中同學。」

我瞪大眼睛，「眞的假的？」

「我應該沒認錯，以前國中曾經一起打過球。」

就在我們說話的時候，于念庭和那個男生朝我們走來。

「李東揚，好久不見。」那個男生主動開口打招呼，看來李東揚果然沒有認錯。

「阿學對吧？欸，我都不知道你也念這間大學！」李東揚高興地拍了拍對方的肩膀。

「我也沒想到我們還會有交集，哈！」阿學看著于念庭，「剛剛看你們進來，才知道原來念庭和你同班。」

「世界也太小了吧！」于念庭甜甜地笑著。

我們四個一起走出教室，兩個男生在前面敘舊，我和于念庭走在後頭聊天，討論侯乃宣的告白會有什麼結果。

「大概是被拒絕吧。」于念庭側頭看我，「妳跟我想的不一樣嗎？」

我搖搖頭，「一樣。」

轉念一想，現在是個好機會，可以問清楚去年她和曲偲齊送侯乃宣巧克力的事，當我還在琢磨如何開口的時候，于念庭反倒先拉了拉我的衣袖。

她刻意放慢腳步，與前面的兩個男生保持一段距離後，才開口說：「妳知道剛才偲齊爲什麼要留下來嗎？」

沒想到她主動提起了這個話題，我馬上皺了皺眉，裝作不知情，「不知道耶，不是因爲關心乃宣嗎？」

我了解于念庭的個性，只要我說的話不符合她的心意，她一定會出言反駁。

賓果。

她果然大翻白眼，冷嗤了聲：「拜託，曲偲齊心機很重好嗎！」

「咦？怎麼回事？」我瞪大眼睛，露出一臉不解的樣子。

「乃宣剛才不是說，陳力諳去年有送她巧克力嗎？其實根本不是這樣，她收到的那份是我匿名送給她的，可是曲偲齊卻說要署名陳力諳。我當時只覺得好玩，沒有多想就答應了，但我後來才發現她爲什麼要這麼做……」于念庭壓低了聲音。

說起這件事時，她彷彿只是在告訴我一樁校園八卦，明明這件事她也有參與其中，卻一點都沒有爲此感到歉疚的意思。

「眞的假的？爲什麼？」我再度裝作超級吃驚的樣子。

「因爲她要弄妳阿！偲齊去年就知道陳力諳喜歡妳，她想刻意製造機會，讓乃宣喜歡上陳力諳，然後因爲嫉妒而討厭妳，到時候就可以聯合我們一起排擠妳了。」于念庭說完以後，撥了撥頭髮，「相信我，我只是覺得好玩，當時根本不知道偲齊在打什麼壞主意。」

「我相信妳。」我點點頭，其實這並不重要，不論我是否相信她的說詞，或她當初是否有意爲之，都不重要，「可是爲什麼妳要告訴我？」

「因爲啊……」她注視著前方的阿學，露出溫柔的笑靨，「因爲我喜歡上他了，忽然覺得，如果我不把這件事說出來，沒有好好解決的話，那我可能不會得到幸福。所以我必須說出來，或者應該說至少不要讓事情變得更糟，這樣我的戀情才會順利，畢竟善有善報，惡有惡報嘛！」

所以到頭來還是爲了自己呀。

不過，就算是爲了自己而不去作惡，也是好事一件。

「喜歡上一個人就會改變這麼多嗎？所以阿學就是妳的黑天鵝嘍。」

「妳說什麼？」于念庭聽不懂我的比喻。

「沒什麼。」我搖頭。

「不過夕旖，講眞的，曲偲齊這個人有點奇怪。」她忽然拉住我的手，臉色凝重，「她對李東揚和妳都有過分詭異的執著，這點也是我最近才發現的。老實說，我覺得有些可怕。」

這句話我會謹記在心，我知道于念庭不是隨便說說。

「我會注意的，很高興妳的戀情可以開花結果。」我誠心誠意祝福她。

「妳和李東揚可不要被曲偲齊影響。」她突然促狹地朝我擠眉弄眼。

我立刻瞪大眼睛，「妳聽說什麼了？」

「哈，我隨便猜猜而已啦。」她笑嘻嘻地往前跑了起步，轉過身又說：「夕旖，妳看起來很沉穩，原來也是有破綻的。」

「欸，妳不要亂想，不是那樣。」我連忙想解釋，她卻沒有要聽我說的意思，一直倒退著步伐往阿學那邊走去。

「我有眼睛，我會自己看。」于念庭用食指比了比自己的眼睛，隨即迸出一串清脆的笑聲，轉身往阿學跑去，整個人撲抱住阿學的背，對李東揚說：「可以把他還給我了嗎？今天是我們交往第一天耶。」

「哇，有必要這樣放閃嗎？」李東揚誇張地大叫。

「你也可以和夕旖去吃飯約會呀。」于念庭竊笑。

「妳聽說什麼了？」李東揚挑眉。

「你們兩個說出同樣的話呢！」于念庭哈哈大笑，和阿學手牽著手離開。

我走到李東揚旁邊站定的時候，他開口約我吃飯。

「你還眞的聽于念庭的話要約會啊？」我搖頭，「我又不是你的女朋友。」

「不管怎樣，飯還是要吃的啊，而且我問到了。」他對我眨眨眼，我一時沒會意過來。

我們來到一間美式餐廳，李東揚點了漢堡，我頓時覺得他有夠沒神經，雖然菜單上的漢堡照片看起來很好吃沒錯，可是第一次單獨吃飯就約吃漢堡，是要我當著他的面張大嘴巴咬下一口漢堡嗎？

哼，你們男人都不在意吃相了，憑什麼我們女人就要小心翼翼維持形象？所以我也豁出去，點了看起來超美味的菌菇牛肉起司堡，附餐搭配薯條，然後還加點了可樂和一份烤雞翅。

「阿學雖然是我國中同學，可是我們沒有同班過，只是下課的時候，偶爾會在球場上遇到，一起打球，我連他本名叫什麼都不知道。」他喝了口服務生剛送上的可樂，「剛剛敘舊的時候，我忽然想起林禎以前好像跟他同班。」

我嘴裡的可樂差點噴出來，「欸，你到底是把過去的事遺忘到什麼程度？怎麼會連前女友和阿學同班這種事都沒能立刻想起來？」

「有想起來就不錯了好嗎？」李東揚搖頭，「總之，我順便問他知不知道林禎的近況。」

「結果？」我邊說邊將番茄醬擠在薯條上。

「妳有認真在聽嗎？」

「有啊，但是薯條不趁熱吃會不好吃，你也可以邊吃邊說，我不介意。」我指著他面前的雙層牛肉大漢堡。

「好，那我要吃了。」說完他眞的拿起漢堡直接咬，一張嘴張得之大，像在拍漢堡廣告。

矯揉造作不是我的個性，有些人吃漢堡還要用刀叉，這點我實在很看不慣。所以我跟李東揚一樣，拿起漢堡直接送進嘴裡，咬下第一口時，菌菇和起司從漢堡另一邊流出來，掉到盤子上。

目睹這一幕的李東揚笑個不停，眼睛瞇成一條線。

「笑屁喔！」我邊說邊繼續吃，「所以你問到什麼？」

「他說林禎自從和我分手以後，變得很安靜，畢業後她不知道是出國念書還是搬家了，總之沒有人聯絡得上林禎。」

「好詭異，正常來說，除非刻意隱瞞自己的行蹤，不然怎麼可能人間蒸發。」我頓了頓，「你是怎麼跟她分手的？」

「很一般呀，直接對她說我們分手吧。」

「她應該不同意吧？」

「她一直說不是她唆使那個粉絲來找我打架的，還說她很喜歡我，不想分手。」李東揚又咬了一口漢堡，「這個眞的很好吃。」

我點頭表示同意，接著問：「最後是怎麼解決的？」

「剛好那時候放寒假，開學以後每個人都在忙考試的事，我也參加了自習班，雖然她有來找我幾次，可是我對她很冷淡，就這樣慢慢斷了。」

我試著想像，這個總是笑著逗我的李東揚，如果有一天忽然面無表情冷漠地對待我，那種感覺確實很傷人。

「你連她的長相都不記得了嗎？」

「完全忘了，和前女友去過哪些地方還有點印象，但不一定會記得是和哪個前女友。」

「講得你有幾百個女朋友似的，完全忘掉前女友的你，某種程度來說，還真是可怕。」我低頭咬了一口漢堡，起司的香氣在舌尖上蔓延開來。

「一直懷念過去的人才可怕吧。」他不太同意我的說法，邊咀嚼邊回應我的話。

「雖說冷淡地對待前任確實是分手後最好的做法，但還是不免讓人感到有些感傷。」

「怎麼會呢？她現在一定也把我忘了。」李東揚呵呵笑著，「人生就是要一直往前走。」

「是沒錯。」我輕輕點了下頭，拿起一根薯條放入口中。

「哦，還有，我順便問了阿學認不認識那個車什麼的，結果阿學十分驚訝我竟然會不記得那個人。」

「他叫車承稷，你這個樣子是怎麼跟阿學形容他是誰的啊？」

「我就說資工系一個叫車什麼的，阿學聽了立刻說出他的全名呢，只是聽完我又忘了。」李東揚拿起餐巾紙擦手，並撕開一包溼紙巾遞給我。

「他果然也認識車承稷對不對？」我接過溼紙巾，把手擦乾淨，拿起可樂想喝一口。

「他說車承稷就是和我打架的那個粉絲。」

「靠！」我大吃一驚，還好還沒喝可樂，不然鐵定噴出來。

「孟夕旖，妳居然說粗話！」李東揚被我逗得發笑。

「你……你眞是令我歎爲觀止欸！不僅不記得前女友，連和你打過架的人也不記得！」

「都記不住前女友的長相了，怎麼有辦法記住只打過一次架的人。」李東揚振振有辭。

「我還是覺得很誇張，你要不要去看醫生？腦子還好吧？」

「承蒙您費心，我腦子很好，就是因爲不去記這些瑣事，才能把腦子運用在更好的地方。」李東揚眼睛帶著笑意，定定地注視著我，「況且妳的事情我記得很清楚呀。」

我再次被他突如其來的話語堵得不知如何反應，只能低下頭拿起雞翅猛啃。

「妳也太容易害羞了吧。」他似乎很享受我不知所措的反應。

「囉嗦。」我臉上一熱，低低回了句。

用完餐後，他照例送我回到我家樓下，當我向他道別時，他卻朝我張開雙臂。

「幹什麼？」我打量著他的手。

「這很明顯吧。」他晃了晃敞開的臂膀。

「別想。」我擺了擺手，「這是我家樓下，我不要。」

「妳的意思是說，只要在別的地方，妳就願意讓我抱嘍。」

「我沒有這麼說。」

「啊，怎麼辦，但是我現在就想要抱妳。」

「你是變態……」

話還沒說完，他忽然將我攬進懷中，嚇得我不禁尖叫。

「妳反應太激動了吧！」李東揚被我的尖叫聲嚇到，下一秒卻立刻哈哈大笑。

「你、你才是！不要亂碰好嗎！不要忽然這樣！」我喘著氣，趕緊掙脫他的懷抱，衝向大門，「再見！」

李東揚仍站在原地不斷大笑，像個神經病一樣。

我不是第一次交男朋友，但這麼害羞的感覺卻是第一次。

明明以前只要我對哪個男生有點好感，我便會去爭去搶，可是爲什麼都沒有這種心跳加速的感覺？

那時的我總是想著，只要我去爭奪，就一定會得到對方。

我滿足並享受著最後順利與對方交往的成就感，但如今我從李東揚身上獲得的，只有羞澀以及不知所措的心情。

拿著鑰匙打開家裡大門的時候，腦子裡仍徘徊著這件事，卻見尚閎在客廳裡來回踱步，看起來心神不寧。

「怎麼了？」我問。

「之杏她又……」尚閎一臉無奈，面露擔憂。

隱約聽到一陣啜泣聲從之杏緊閉的房門裡傳了出來。

我忍不住翻了個白眼，同時竟感到一絲絲慶幸。

雖說曾經有一瞬間，之杏在我眼中長出了一雙黑色翅膀，不過，人向來不會輕易改變，她到今天還在爲了爸媽分居的事而哭泣，證明了之杏還是那個小孩子。

可是，不可以永遠當個孩子。

我看了尚閎一眼，總有一天他們之間會面臨必須一夜長大的那一刻，之杏不能現在就被爸媽的事打倒。

「還在哭喔？都幾歲了。」於是我故意尖銳地、刻薄地、討人厭地這麼說。

「之杏比較感性……」尚閎被我的口吻嚇了一跳，慌張地想幫之杏說話。

抱歉，尚閎，反正你總有一天仍會傷害之杏，說不定你現在就已經在傷害她了，雖然不是你願意的，但你無法回應她的感情，她注定要難過。

所以，不如我先讓她受傷，讓之杏的內心稍微變得堅強一些。

人家都說習慣很可怕，習慣了傷心、習慣了痛苦之後，就不會再那麼痛了。

因爲心會長出一層厚厚的繭，隔絕外在帶來的苦痛。

「感性？我還感冒咧！根本是活在自己的象牙塔裡！孟之杏，妳醒醒吧，雖然妳姓孟，但也別眞的在做夢！」我大聲喊著，想起那天在噴水池畔失態痛哭的自己，我不希望之杏有天也像我一樣，幸好當時有李東揚陪伴著我，讓我不那麼孤單。

如果哪天，之杏在我看不見的地方哭泣，卻沒有人陪在她身邊，那該怎麼辦？

「孟之杏別做夢！孟之杏別做夢！孟之杏別做夢！孟之杏別做夢！」想到這裡，我幾乎快要哭了，所以不斷大聲重複著這句話。

尙閎勸我不要對之杏這麼嚴厲。

我喘著氣，反而要尙閎別對她那麼溫柔。

「總有一天，你的溫柔會害死她。」我認眞地看著尙閎，口氣嚴肅地說。

「夕旖……」

「你知道我的意思，你很聰明。」我緊盯著尙閎，「誰都沒有錯，只是傷害無可避免。」

尙閎抿緊雙脣，一語不發。

回到房間後，我從包包裡找出手機，看見李東揚傳來訊息，他已經到家了，我剛回了張貼圖，李東揚便打電話過來。

「喂？」沒料到他會打來，我心房一震，說話的聲音略顯乾澀。

「妳聽說了嗎？」他劈頭就問。

「聽說什麼？」

「侯乃宣不是向陳力諳告白嗎？妳想知道後續的情況嗎？」

我完全忘了這件事，畢竟剛才發生那麼多事，每一件都比侯乃宣會失敗的告白來得重要。

也許在我內心深處，不在乎的事情比我想像中還要多。

「結果怎樣？」

「當然是被拒絕了，我一回寢室就看見陳力諳在喝酒，問他怎麼了，他說拒絕人也是需要勇氣的，又說自己是不是在不知不覺間讓人產生了誤會。」

我思索了一下，「他知道去年的巧克力烏龍事件嗎？」

「好像不太清楚，曲偲齊一直打斷他們說話，顯得那場告白像是一場鬧劇，不過陳力諳有坦白跟侯乃宣說他和她不可能。」

「乃宣的反應呢？」

「聽說是接受了，她似乎本來就抱著被拒絕的心理準備。」李東揚頓了一會兒，又說：「然後陳力諳跟我說了一件他覺得很奇怪的事情。」

我默默聽著。

「陳力諳婉拒侯乃宣的告白後，曲偲齊走在陳力諳身邊對他說：你喜歡孟夕旖的事情，我會幫你保密。」

「她還特意說出來？如果被乃宣聽到不就……」

「所以陳力諳才覺得奇怪，因為曲偲齊的音量不小，擺明就是要侯乃宣聽見。」李東揚咳了一聲，「可是，侯乃宣應該沒聽見。」

「你怎麼知道？」

「陳力諳說他當下立刻轉頭看向侯乃宣，但她沒什麼特別反應，所以認為她應該沒有聽見。」

「曲偲齊到底想怎樣，她其實真的喜歡你吧！」我腦海中閃過曲偲齊的臉，心中登時有些不悅。

「我曾經為了吸引妳注意而表現出對曲偲齊感興趣的樣子，這件事妳也知道。」李東揚毫不掩飾自己未達目的不擇手段的一面，「我看她對我似乎也有興趣，所以就順勢和她多了些互動，藉此觀察妳有什麼反應。不過老實說，她那樣的女生有點可怕。」

「可怕？」

「有時候她說的話還有她臉上的表情，會讓我覺得怪怪的。」

「怎樣怪怪的？」

「說不上來，反正我不喜歡。妳別以爲我們男生都是笨蛋，我看得出曲偲齊這個人表裡不一。」

我挺意外的，畢竟我向來認爲只有女生才看得出女生的眞面目。

「總而言之，這件事大概告一段落了，如果侯乃宣沒有提起，妳也別問了，當不知道。」

「我本來就不會問。」這時我聽見尙閎關上房門的聲音，便說：「我要去洗澡了。」

「喔，那我也去洗，一起洗吧。」他不正經地說。

「我要告你言語性騷擾。」我很認眞。

「哈哈哈。」他爽朗地大笑。

掛掉電話以後，我拿起浴巾和睡衣往浴室走去，經過之杏房門時特意停下腳步，裡頭已經沒了哭聲，但隱約聽見一陣低低的說話聲。

她要麼在自言自語，要麼在講電話，若是前者，我明天可能得和她聊聊，以免她生出心病，要是後者……

我躡手躡腳走到尙閎緊閉的房門口，他房內一片安靜，大概睡了，於是我又走回之杏的房門前，她依舊斷斷續續地低聲說話。

之杏應該是在講電話。

我微微鬆了一口氣，看來除了尚閎以外，之杏有了另一個可以在深夜談心的對象。

或許是我太過操心了吧，每個人都會長大，我需要做的，只是默默陪伴在之杏身邊就好。

走進浴室洗澡，回想今天發生的事，腦中浮現出千裔、之杏、尚閎以及李東揚的臉。

瞥向鏡中，我發現自己不自覺泛起了微笑。

✦

天氣逐漸轉涼，種在江湖畔的那排樹木，樹葉幾乎快要掉光，光禿禿的樹枝形成一片蕭索的景色。

在那天之後，我和我的三個朋友，似乎很有默契地漸行漸遠，就算上同一堂課也不會坐在一起。

于念庭交了男友以後，時常和阿學在校園各處晒恩愛，直到上課鈴響才會進教室；而侯乃宣自從向陳力諳告白被拒後，她加入熱舞社，熱衷於社團活動，我看過他們的排練，侯乃宣有模有樣的舞姿令人眼睛一亮，流露出有別於以往的魅力。

或許在將來，陳力諳會喜歡上這個終於充滿自信的女孩也說不定。

至於曲偲齊……提到她以前，必須先說說李東揚。

這個男人完全不掩飾對我的好感，不僅每天噓寒問暖，還會買飲料給我喝，當然他買的都是無糖茶飲。

我不知道李東揚有沒有告訴陳力諳這件事，陳力諳把李東揚對我的好看在眼裡，但他並沒有表現出什麼特別反應，依舊和李東揚同進同出。

而曲偲齊的反應就相當有趣了。有次上課時李東揚坐在我旁邊，下課後她直接走過來問我：「你們在交往嗎？」

我和李東揚對看一眼，同聲說——

「沒有。」

「對呀。」

想當然耳，前面那句是我說的。

感到震驚的不只曲偲齊，連李東揚也張大嘴巴，驚訝地看著我問：「我們沒有在交往嗎？」

他的反應讓我整個人愣了一下，「我們哪有在交往！」

教室裡的同學都在竊笑，我瞠大眼睛瞪著李東揚，用眼神告訴他不要亂說話，但他卻故作不解，頂著無辜的臉說：「有吧，牽手那天就算是交往了吧，難道妳會讓不是男朋友的人牽手嗎？」

很好，這個男人擺明逼我承認，但他想得美。

「我不覺得我們正在交往，除非你要先說些什麼。」我驕傲地抬起下巴，這個要求不過分吧？

李東揚挑眉，對我微笑，「好。請問孟小姐可以跟我交往嗎？」

此言一出，班上同學爲之譁然，他們爲了旁人的事這麼興奮還眞是奇怪。

「妳看到了吧。」我看向曲偲齊，發現她的臉色一陣青一陣白，似乎受到很大的打擊。

她張著嘴，聲音微顫，「什麼時候的事？」

「不就是剛剛嗎？妳也看到了，雖然我覺得其實前一陣子就……好痛！」

李東揚說到一半，我狠狠捏了他腰際一下。

「你們之間是什麼時候出現這種可能的？大一？大二？前一陣子是多久？」曲偲齊拚命追問。

我和李東揚交換一記眼神。曲偲齊的反應未免也太大了，甚至毫不掩飾自己的失態。

李東揚牽起我的手，脣角勾起，卻笑意全無，「那是我們的事吧。」

我忽然覺得自己別再說話比較好，便只是輕輕點頭。

只見陳力諳深吸一口氣，而侯乃宣則驚訝地喊：「我都沒發現，沒想到你們兩個會交往！」

一旁的于念庭毫不訝異，輕笑了聲，繼續低頭滑手機與男友互傳訊息。

班上其他同學則是一臉八卦，眼睛閃著興味的光芒，我可以想像他們將會在社群網站上如何熱烈討論這則消息了。

「是……喔。」曲偲齊一直以來的尖銳態度頓時消失無蹤，整張臉垮了下來，隨即轉身拿起她的包包，走出教室。

「你有點……」我看向身旁的李東揚，一時不知道該如何措辭。

可怕。

「怎麼了？」李東揚挑眉看著我，表情轉為溫柔。

「沒什麼。」我搖頭。

曲偲齊離開後，班上同學各自成群低聲議論，我聽到有個人說曲偲齊其實喜歡李東揚很久了。

✦

「嘿，孟夕旖。」

下午，我一個人坐在江湖畔的長椅上看書，聽見聲音抬頭一看，車承稷忽然出現在我旁邊。

看到他我一點也不意外，就連他要說什麼，我幾乎可以預料得到。

「聽說妳和李東揚開始交往啦？」他問。

「你怎麼知道？」

「李東揚這麼受歡迎，加上妳在男生圈也很有名，這種事很快就傳開啦！」

「曲偲齊告訴你的吧。」我直接戳破他的謊言。

他愣了一下，驚訝的神色中帶著狐疑，「妳……」

「你和她認識吧，我是這麼猜的，她喜歡李東揚，而你因為某些原因選擇幫助她，所以一直找我麻煩，是嗎？」

原以為車承稷會因為謊言被戳破而夾著尾巴逃開，沒想到他卻泛起了微笑，用讚賞的表情看著我。

「別白費心機了，這樣很煩。」我低頭將視線移回書頁，表示這場對話已經結束了。

「難道妳不好奇？」

「要是我說我很好奇，你就會告訴我嗎？你甚至威脅林虹不能說出林禎的事。」我斜眼瞄他。

「我是不會告訴妳，但妳也別想從林虹那裡得到答案。」露出真面目後的車承稷，眼神閃爍著惡意的光芒。

「你又知道了？難道林虹喜歡你，就一定會照你的吩咐做事？」

「至少我是這樣。」他說。

這句話聽得我不禁失笑，「所以你喜歡曲偲齊嘍，你以前不是還跟李東揚……」說著說著，我止住話，突然感覺有哪個地方怪怪的，好像有什麼線索就要串聯起來……

「什麼？」見我話說到一半忽然停下，車承稷表示疑惑。

車承稷曾經爲了林禎和李東揚打架，過了這麼多年，他仍執著於李東揚，也執著於林禎，還出手幫曲偲齊追李東揚，他是把林禎和曲偲齊兩個人重疊了嗎？

「沒事，你可以離開了，我想在這裡看書。」這個猜測我暫時只想放在心裡，還不打算說出口。

「妳看啊。」他聳肩，卻沒有離開的意思。

「我想一個人待在這裡。」我明白地下逐客令。

「是妳先喜歡上李東揚，還是他先喜歡上妳的？」他又問。

「這有差別嗎？」我沒好氣地說。

「有差別喔，李東揚個性冷血，他要甩人的時候，簡直把人當垃圾一樣。」車承稷哈哈大笑，轉身離去。

我不否認，車承稷這句話對我造成很大的影響。

我再也無心看書，想起剛才在教室的時候，李東揚對待曲偲齊的態度。

若真心喜歡一個人，卻被對方用那種冷酷的方式對待，一定心如刀割。

「夕旖，妳沒課呀？」

車承稷離開沒多久，侯乃宣從遠處走了過來，她看起來像是剛結束社團活動，一邊擦汗一邊在我旁邊坐下，然後大口喝著運動飲料。

「沒想到妳會參加熱舞社。」我看了她一眼，隨即目光繼續落回手上的小說。

「是呀，眞是不可思議。要不是陳力諳拒絕我，我也不會爲了轉移注意力而參加熱舞社，更沒想到會喜歡上跳舞。」她把手臂伸到我面前，「我發現自從愛上跳舞以後，很多煩惱都不再是煩惱了，身體也變得輕盈許多。」

我抬頭打量著她，她的身材曲線的確比以往好很多。

「然後也找到了跟自己很合得來的朋友。」她笑了笑。

我們一同望向湖面，清澈的湖水倒映出光禿禿的樹木，帶著涼意的風吹來，湖上泛起陣陣漣漪。

「夕旖，我不知道妳有沒有發現，一直以來，我們四個其實並沒有很合得來，可是爲了不落單，總是勉強走在一起，貌合神離。」

我挑了挑眉，沒料到她會如此直接地提起這件事，我原本還想大家不說破，自然而然地漸行漸遠也不錯。

於是我放下手上的書，決定認眞與她對談。

「嗯，我知道。」

「直到陳力諳拒絕我，我找到了眞正有興趣的事，好像才找到自我，也終於明白過去的自己有多盲從，因爲缺乏自信，所以儘管個性並不相投，卻仍選擇和妳們走在一起，好像這樣才能……才能讓大家看見我。」她咬著下脣，有些抱歉地看了過來。

「沒關係，我早就知道了。」我也覺得對她有些歉疚。

「不過說出來舒服多了！」侯乃宣伸了一個懶腰，「對了，恭喜妳和李東揚交往。」

「這有什麼好恭喜的……我其實滿不擅長這種事情。」我伸手撥了撥頭髮，掩飾內心的尷尬。

「可以和喜歡的人交往，就是一件很值得恭喜的事情呀。」侯乃宣又喝了一口飲料，接著認眞地看向我，「有件事我想和妳確認，請妳一定要說實話。」

我有種不好的預感，但還是點了點頭。

「陳力諳喜歡妳，是眞的嗎？」

果然是這件事。

「妳從哪裡聽來的？」

「我向陳力諳告白那天聽曲偲齊說的，其實她是對陳力諳說的，只是被我聽見了。」

不，她是故意說給妳聽的，而妳也如她所願聽見了，只是曲偲齊不夠瞭解妳，妳向來力求團體和諧，所以選擇不和我發生衝突。

「這件事是眞的。」我老實承認，「但我從來沒有給過他任何機會。」

「我知道，我也感覺得到，只是有時候會覺得，如果妳可以直接跟我說就好了……」

說了有什麼意義？能讓我們之間更坦誠？還是能改變誰的感情？

說了也不會有任何改變呀！所以爲什麼要說呢？

但這些話我選擇悶在肚裡，因爲我知道這是最後一次和侯乃宣這麼對話了。

「所以，我們才不適合繼續當朋友。」侯乃宣彷彿明白我眞正的想法，她側過頭對我微笑，「不管怎樣，那些和妳們一起走過的時光，我曾經由衷覺得開心過。」

「妳也會這樣跟她們說嗎？和于念庭還有曲偲齊她們……道別。」

她搖搖頭，「我只會跟妳說。」

「爲什麼？」

「因爲妳和她們不一樣，妳比較有人性。我從以前就容易爲了顧及團體和諧而抹煞自己的意見，但妳是第一個要我別這麼做的人。」侯乃宣扯動嘴角，「即使刺耳，也是實話。」

原來我當時說的那番話，她有放在心裡。

「妳比較……可以站在他人的立場去設想。」最後，侯乃宣這麼說。

我們陷入一陣短暫的沉默，直到她熱舞社的同伴站在江湖的棧道上喊她，她才對我揮了揮手，笑著跑向那群人。

我彷彿看見她背後長出一雙黑色翅膀，展翅飛翔，飛到那個沒有我們會更好的地方。

我竟有些感傷，雖然知道世事瞬息萬變，但眞正面臨變化的那刻，仍是令人措手不及。不想沉溺在這樣的情緒裡太久，我拿起手機傳訊息給李東揚，要他下課帶我去吃好吃的東西。

「妳會變胖唷。」

他雖然這麼回，還是馬上傳了某間餐廳的食記給我。

我繼續坐在湖畔，一邊看小說，一邊等他下課。

二十分鐘後，李東揚走過來在我身旁坐下，不少路人都朝我們瞥來一眼。

「我們大概會是學校這個禮拜的頭條話題喔。」李東揚笑著與我一同欣賞眼前的波光粼粼。

「讓緋聞成眞，也挺不錯的。」我說。

他牽起我的手，「早就是眞的了。」

我忽然覺得，靜靜地和他坐在這裡，也是一件很浪漫的事。

或許，我要的就只是一個可以陪伴我看風景的人，看月亮陰晴圓缺，看白雲聚散有時。

「走吧。」他站起來，朝我伸出手，我盯著他的掌心好一會兒，才將自己的手放上去。

「我還是覺得這一切莫名其妙。」我咕噥。

「我不覺得莫名其妙喔，畢竟，我喜歡妳很久了。」

這句話令我的心臟跳了好大一下，這是他第一次這麼直接對我說出「喜歡」兩個字，毫無預警，我整個人頓時僵住。

「妳又害羞了嗎？」他側頭看著我，不得不說，在他臉上壞壞的笑容眞是好看。

「囉嗦，走吧。」我啐了他一聲。

我們手牽著手走到停車場，一路上引來不少八卦目光，我們都覺得無所謂，任由他幫我戴上安全帽。

坐上機車後座，我主動攬住他的腰，雖然看不見他的臉，但我知道他一定揚起了笑容。

李東揚帶我來到一間抹茶專賣店，店內的主打商品是抹茶千層蛋糕，我們坐在角落的座位，分別點了抹茶聖代跟千層蛋糕。

我告訴他剛才侯乃宣來找過我，他也頗訝異侯乃宣會選擇和我講清楚才離開，不曉得該說她正直還是死腦筋。

她是個好女孩，只是我們眞的不適合當朋友。

吃了一會兒，我注意到林虹和另一個女生推門走入店裡，我輕拍了一下李東揚的手，示意他回頭，跟他說走在前面的那個女生就是林虹。

「我眞的不認識她，之前忘了問阿學知不知道林虹這個人……」他只瞄了一眼就回過頭來繼續吃東西。

難得林虹沒有跟在車承稷身邊，我實在很想問清楚這一切究竟是怎麼回事，所以立刻站起來朝林虹走去。

李東揚大概是沒想到我會有所行動，面露驚訝，出聲喊了我的名字，但我的腳步絲毫未停。

林虹原本興高采烈地和朋友討論菜單，見我忽然站到桌邊，明顯被嚇了一跳。

「借一步說話吧。」我露出不容許她拒絕的微笑，然後對她的朋友說：「十分鐘就好。」

林虹往我身後看去，發現了李東揚，她眉間緊蹙，表情很是爲難。

我沒等她反應，逕自拉起她的手，轉身回座。

「妳直接把人帶回來啊。」李東揚讚歎我的行動力。

我讓林虹坐在我旁邊，開口說：「我們已經知道車承稷曾爲了林禎和李東揚打過架，但我不懂的是，爲什麼直到現在車承稷還一直模仿李東揚，並處處針對他？」

始終低垂著頭的林虹這時猛地抬頭，瞪大眼睛看著李東揚說：「你想起來了？」

「只有想起那些。」李東揚聳聳肩。

「我……那我不能說。」

「這樣還不能說？妳以爲妳這樣車承稷就會喜歡妳嗎？」我翻了個白眼。

「我……」林虹緊張得左右張望，「我也知道這樣很不好，可是……」

「林虹，妳也和我念同一所國中嗎？」李東揚注視著她，輕聲問。

「我和林禎、車承稷同班，我就坐在門邊的位子，常看到你下課過來找林禎。」

奇怪了，李東揚一問，她馬上就說了；我之前問她，她卻老是堅持不能說。

我正打算抱怨，李東揚就送來一記意味深長的眼神，要我閉上嘴巴不要壞事。

「我不太會記人的臉，所以抱歉，我對妳沒什麼印象。那妳也知道當時林禎向車承稷訴苦的事嗎？」

李東揚表達歉意的微笑看起來很眞誠，但我知道那是爲了套話才裝出來的。

「嗯，我知道，我和車承稷從小就住在附近，很多事情都會彼此分享。」

「妳一定很喜歡他，才會一路都和他同校吧？」

聽見這話，林虹忽然眼眶一紅，就這樣掉下眼淚。

我趕緊拿起桌上的餐巾紙遞給她，她一面擦去淚水一面說：「我只是想，一直站在這裡，有一天他就會看見我了……」

「那也要他回頭才能看見妳，如果他一直追尋著過去的林禎，怎麼會看見妳呢？」

林虹被李東揚的話點醒，愣了好一會兒後說：「林禎不是過去式，但他的確還在追尋過去，所以才會覺得模仿你的行爲舉止與衣著打扮，也許林禎就會喜歡上他。」

我和李東揚互看一眼，我忍不住開口問：「林禎不是過去式，這句話是什麼意思？」

「李東揚，上了大學的你，和國中一樣意氣風發，走到哪裡都是眾人的焦點，但你不記得我或承櫻就算了，居然連林禎都不記得。承櫻說你一點也沒變，他說的沒錯，你依然很自大，眼中只有自己。」林虹霍地站起，「林禎，她也念這所大學。」

我立刻緊緊拉住林虹的手，深怕她離去。

「妳說林禎也念這所大學？那她是哪一系的？現在又是……」

「我眞的、眞的只能說這麼多了。」林虹輕咬著下唇，「就是因爲林禎還在，所以承櫻才會這麼執著。」

說完，她甩開我的手回到座位，裝作若無其事般和她的朋友有說有笑。

我和李東揚面面相覷，從沒想過林禎就在我們附近。

第九章

從林虹口中得知驚人的消息之後，期末考試接踵而來，考完試便迎來長達兩個多月的暑假。

之杏興沖沖地和我們說，暑假最重要的事就是尙閎的生日，她想在家裡舉辦一場派對，爲他準備一份驚天動地的大禮。

「妳要買什麼名牌包送他嗎？」我隨口問。

尙閎被我指使出去買臭豆腐了，家裡只剩我們三姊妹。

「不是，我要請一個女孩來家裡。」之杏笑吟吟地說。

我眉頭微皺，「女孩？」

「嗯，尙閎喜歡的女生。」

之杏的發言與舉動完全出乎我意料，我忍不住瞄了千裔一眼，她只是微微挑眉，不予置評，繼續吃水果。

「怎麼回事？」我接著問。

然而之杏不懂我的言外之意，只是嚷嚷著：「沒有怎樣呀，他和那個女生之間的進展看得我亂焦急的，所以想幫他們一把。」

「但是……」本來還想說些什麼，千裔卻用手肘輕推了我一下，我再次朝她看去，她雙眼依舊盯著電視看，嘴裡還嚼著一塊蘋果。

「派對什麼時候舉辦？」我嘆了口氣，也跟著叉起一塊水果放入口中。

「就下禮拜，所以妳們那天都要在家，其實也沒什麼特別的，就是在家裡吃吃喝喝而已。」之杏開心地說：「哦，對了，那天我有個朋友也會來。」

「難得妳會帶朋友回家，誰啊？那個喜歡尙閎的許蓓菁嗎？」說完，我和千裔相視而笑。

「不是，是我男朋友。」

我和千裔差點被水果噎到，我們立刻異口同聲大喊：「男朋友？」

「對呀！幹麼啦，驚訝什麼？」之杏有些害羞。

「因爲妳……」我才開口，馬上想到這不是件好事嗎？便立刻止住話。

我絲毫沒有察覺之杏對尙閎的心意何時發生了變化。

她是因爲經歷過什麼痛苦才毅然決然放棄？還是自然而然就不喜歡尙閎了呢？

她會不會曾在我不知道的時候，獨自默默哭泣？

想到這裡，我不免感到有些心疼，伸手將之杏抱入懷中。

「欸？欸欸欸？幹什麼啦？」之杏不自在地想要掙脫。

我加重力道，把她攬得更緊，「不要亂動，讓姊姊好好抱抱妳。」

「好噁心喔！什麼姊姊啦，千裔，妳看夕旖她……」

「是呀，讓姊姊好好抱抱妳們兩個妹妹吧。」千裔也張開雙臂，將我們兩個攬在懷中。

「幹什麼啦……妳們兩個今天好奇怪喔……」之杏嘴上雖然這麼說，雙手卻分別握緊了我和千裔的手腕。

上一次我們姊妹這樣緊緊相擁，已經是很久以前的事情了。

可能是因爲在這樣的家庭環境下長大，我們的想法比其他同年齡孩子來得成熟，我並不想把這解釋爲我們被現實逼著長大，因爲在成長過程中，我能感受到父母與手足給予我的愛，但同時我也明白，人終究還是要靠自己走過每一段路。

值得慶幸的是，我擁有深愛我的家人，能在我需要休息的時候，給我擁抱。

我在電話裡把這件事告訴李東揚，問他要不要來參加生日派對，李東揚很爽快地答應了。

「對了，林虹上次不是說過，林禎也在我們學校，難道你眞的不知道？」

「我眞的不知道，我騙妳幹麼？」

「我不是那個意思，既然她念我們學校，你又這麼出名，她一定知道你的存在，怎麼可能在學校從來沒遇見過她呢？」

「我也很訝異，但我真的沒見過她。而且我不是說了，連她的長相我都記不太得了。」

「畢業紀念冊不是有照片？」

「喔，對齁，我看一下……」手機裡傳來李東揚的腳步聲，以及打開抽屜翻找的聲音，「我忘記放在哪裡了，找到再跟妳說。」

「你下禮拜參加派對帶過來，我們一起看吧。」

「好啊，也可以。」李東揚聲音忽然變得有些緊繃，「欸，可是，妳爸媽會在家嗎？」

「應該會，但不會兩個都在。」李東揚不知道我家的情況，雖然覺得沒有必要說，但是不是應該先提醒他一下？

想像還是算了，反正他不會同時見到爸媽，等某天我們真的親暱到他能察覺我爸媽的問題，那時候再說就好。

「好，那妳爸媽喜歡什麼？」

「問這個幹麼？」

「總該帶份禮物過去，空手拜訪太失禮了吧？」

我笑了起來，「沒關係，什麼都可以，只有人來也可以，我們家對這些禮數不太講究，況且那天的主角是尚閎。」

「好，怎麼辦，我現在就開始緊張了。」李東揚在電話那頭有些惶恐地說。

「白痴唷。」

儘管從前曾和幾個男生交往過，但我從沒讓他們來家裡。

這次是因爲年紀漸長，想法變了？又或者是因爲喜歡的程度不同？我自己也不明白爲什麼會這麼快就讓李東揚融入我的生活。

✦

幾天後，我和千裔結伴逛街，挑選要送尚閎的生日禮物，看來看去，覺得什麼都很適合他，又覺得他好像什麼都不缺。

「不知不覺，尚閎來我們家七年了。」在男性運動用品店挑選帽子的時候，千裔忽然感慨起來。

「當初妳問他生日是什麼時候，結果尚閎根本不知道，最後還是爸爲他選了一天當他的生日。」我也跟著回憶起往事。

「對呀，我記得。不知道自己確切的出生日期，眞讓人有些感傷。」千裔今天似乎特別感性。

「就選這頂帽子和剛剛那件外套吧，送這種禮物很實用。」

「不知道他會不會喜歡？」千裔拿起一件深藍白相間的外套，說著說著卻忽然瞪大了眼睛，看向外面。

「就這件吧，我們去結帳……妳怎麼了？」我見千裔神色有異，忍不住問。

「妳先拿去結帳，我看到我朋友，等等回來。」千裔把那件外套塞進我手中，然後飛也似地跑出店面。

好在我身上帶夠了錢，在櫃檯結帳等候店員包裝時，我掏出手機，拍下要送給尚閎當生日禮物的那件外套，再把照片傳給李東揚，問他覺得怎麼樣。

他回了一張讚的貼圖，接著傳來一張梅酒的照片。

「這什麼？」我回。

「我們家自釀的梅酒，非常好喝，我帶一瓶過去給妳們吧，酒精濃度不高。」

「好啊，派對上可以喝。」

店員把衣服跟帽子包裝好後，千裔還沒回來，我提著兩個提袋站在店門口等了好一會兒，正準備打電話問她人在哪裡，就看見千裔一臉慘白地走過來。

「千裔，妳怎麼了？」我趕緊跑向她。

「沒什麼，覺得頭有點暈，我們回家吧。」她虛弱地對我一笑，轉身往捷運站方向走去。

「要不要看醫生？」我追上她，擔憂地問。

「不用了，回家休息一下應該就沒事了。」千裔伸手要接過我手上的提袋。

「我拿就好，那我們快回去吧。」我空出一隻手攙扶著千裔，下意識回頭一望，發現遠處站著一個男孩，正往我們這裡盯著看……

✦

派對當天，媽媽準備了許多美味的料理，除了傳統的豬腳麵線外，還有義大利麵以及披薩，平時替我們煮飯的阿姨也來幫忙，做了蒸餃、炸雞塊、馬鈴薯泥等等，我們三姊妹則合買了一個大蛋糕，差點連冰箱都放不進去。

我們在客廳裡掛上許多彩帶，並找出裝飾聖誕樹的七彩燈泡布置在牆上。

接著用色紙剪出「尙閎生日快樂」的字樣，逐一貼上紙盤，再黏上牆壁。雖然尙閎已經十七歲了，不需要這麼「可愛」的布置了，但這樣的過程讓我們得以重溫小時候的快樂。

「其實只要跟我說一聲，我可以過來一起幫忙，妳們三個女生準備這些太辛苦了。」

尙閎靦腆又高興地看著我們，能見到十幾歲的大男生露出這種表情，我們三姊妹覺得之前的辛苦很值得。

「這是驚喜呀！驚喜！」之杏興奮地勾著尙閎的手臂，大聲嚷著這些全出自她的計畫，要尙閎好好感謝她。

之杏邀請了許多她和尙閎的共同朋友，大多是他們的國中同學，而尙閎的死黨沈品睿因不明原因沒有準時出現，千裔則沒邀請任何人。

最令我好奇的，就是之杏的男朋友康以玄了。

他準時在派對開始前到來，面無表情的臉上略帶幾分憂鬱之色，長相挺帥氣的，不過話不多，之杏會和這樣一個悶葫蘆走在一塊兒令我感到意外，但是當她拿著一杯飲料遞給那男生時，他朝她露出微笑，我頓時明白了，這就是愛情。

就像當初我也不能想像自己會跟李東揚在一起一樣。

才剛想到他，李東揚就出現了。今天的他竟一臉緊張兮兮，和在學校那副意氣風發的樣子天差地遠。

「阿、阿姨好，這是我們家自釀的梅酒，很好喝，送給你們。」李東揚面對我媽時結巴的糗態我一定要牢記在心，之後再取笑他。

不過說到梅酒，那天他傳給我的照片明明只有一瓶，結果今天竟帶了一箱過來，讓我差點暈倒。

「哇！你眞是太客氣了啦，人來就好，幹麼帶禮物……李氏梅酒……這是李氏梅酒耶！」媽媽看著箱子上的字樣驚呼。

「怎麼？有什麼特別的？」我對酒沒有研究，不懂媽媽爲何如此驚訝。

「傻瓜，這可是很棒的酒。你家自釀的……所以你是李家的公子嘍？」

噗，媽媽居然用「公子」一詞來稱呼李東揚，我覺得既古怪又好笑。我忽然想起李東揚那個身爲商場強人的舅舅，看來李東揚的家世不容小覷。

「我上面還有哥哥姊姊，我對家裡的事業一知半解，阿姨喜歡就好。」

「這個禮物眞是太棒了，我馬上做一道梅酒料理，妳覺得炒豬肉怎麼樣……」媽媽和阿姨興高采烈地邊討論菜色邊回到廚房。

我斜眼瞟向李東揚，他恢復一貫的痞樣，挑眉看著我笑，「怎樣？」

「挺有一手的嘛。」

「彼此彼此。」

儘管滿客廳的賓客李東揚只認識我一個，他倒是表現得很自在，隨意加入一個又一個團體閒聊，輕易和大家打成一片。千裔喝著李東揚帶來的梅酒，臉上帶著心不在焉的微笑獨自站在一旁；之杏則和康以玄一起品嘗各式料理。

我抓住空檔，走到尚閎身邊說：「你之前說康以玄是個不良少年，我覺得他看起來不像。」

「之前我聽信傳聞才會那麼想，和他實際相處以後，才發現不是那麼回事。」尚閎有些不好意思地撓撓臉。

電鈴聲忽然響起，之杏要尚閎去開門。

「妳怎麼叫壽星去？」雖然我平時也很愛指使弟弟做事，但起碼今天該讓尚閎當一天的國王，所以我放下餐盤，準備過去開門。

「尚閎快去！」之杏制止我。

「好啦，我去。」尚閎拿之杏沒輒，笑著朝門口走去，但打開門之後，他卻愣在門口動也不動，竟沒有要請客人進門的意思。

我聽見門口傳來一個女孩子激動的說話聲，忽然想起之杏要給尚閎一份禮物……

「孟之杏！妳說了什麼嗎？」尚閎回過頭來，對著之杏大喊。

之杏帶著惡作劇的笑容，一身紅色洋裝隨著走動的步伐裙襬微揚。她站到尚閎身邊，不知道對他說了些什麼，然後把一雙室內拖鞋放在地上，應該是要給那個女生穿的。

我伸長了脖子，還是沒能看見那女生長什麼樣子。

「妳在幹麼？」李東揚端著一盤義大利麵走向我，「這道菜眞好吃。」

「我媽手藝還不錯。尚閎的曖昧對象來了，我很好奇對方是什麼樣的人。」

「哦？」李東揚露出壞笑，隨即大聲說：「孟尚閎帶女生回來！」

「喂！」我立刻白了他一眼。

「壽星就是要被整。」李東揚咧嘴笑了笑，「所以姊姊，不是要去看弟弟的女朋友嗎？」

「好，我服了你。」我立刻把站在角落耍孤僻的千裔拉過來，一起往門口快步走去，興沖沖地說：「在哪裡，我要看！」

可是尙閎已經早一步關上門，把女孩帶了出去。我和千裔相視而笑，一邊覺得弟弟長大了，一邊對這個女孩更加好奇。

尙閎在她面前，應該不用一直戴著面具吧？應該可以露出由衷的笑容吧？

過了一陣子，尙閎牽著那個女孩回來。女孩長髮飄逸，脂粉未施，長得很漂亮，不過眉宇之間隱約透露出她的倔強。

我見過這個女孩，前陣子在捷運站碰見尙閎時，她就站在一旁，當時我很好奇，尙閎身邊難得會出現之杏和沈品睿以外的人。

「她是柴小熙。」尙閎慎重地把她介紹給我們。

我挑了挑眉，如果沒記錯，這不就是之前提過的轉學生嗎？

「我們是這個臭小子的姊姊，孟之杏、孟夕旖、孟千裔。」之杏展現出姊姊的風範，一一爲柴小熙介紹，我和千裔都禮貌地對她點頭。

「就把這裡當成自己家吧，隨意吃隨意玩。」千裔端了杯梅酒交給柴小熙。

「謝謝。」她輕聲道謝，看了尙閎一眼。

「千裔，這不是酒嗎？」尙閎皺眉。

「唷，是捨不得親愛的女友喝酒嗎？但我記得你上次吃白蘭地蛋糕倒是吃得很開心。」我故意糗他。

尙閎的臉隱隱泛紅，尷尬地望向柴小熙。

柴小熙莞爾一笑，眼底的情意表露無疑。

旁觀著一切，我覺得很開心，居然會有這麼一天，之杏的男友、尙閎的女友都跟我們齊聚一堂。

「對了，你有帶畢業紀念冊過來嗎？」我問了一直在吃東西的李東揚。

「有啊，我在家已經先翻過了。」他走到客廳角落，拿起一個放在地上的黑色包包，走了回來。

「有看出什麼所以然嗎？」

李東揚搖頭。

「去我的房間看吧，比較安靜。」我提議。

李東揚露出賊賊的笑容，「妳在邀請我去妳房間耶！」

「不要亂想，笨蛋！」我毫不留情地朝他手臂捏了一把。

「我知道啦，哈哈，開個玩笑都不行嗎？」

我賞他一枚白眼，然後領著他往房間走去。來到房裡，我將飲料與食物放上小茶几，保持房門敞開。

李東揚瞄了一眼門板，故作失望地說：「門這樣開著，我不就不能幹麼了嗎？」

「你還想幹麼，欠揍喔你！」真想狠踢他一腳。

「哈哈哈。」他隨興坐在地毯上，東張西望觀察起我的房間。

「欸，不要到處亂看。」還好我房間平時就很乾淨整齊，不像之杏昨晚才急匆匆地整理房間。

李東揚從包包裡拿出畢業紀念冊，翻到三年七班，也就是他們班的那幾頁。照片中的他一臉青澀，嘴角依舊掛著我所熟悉的痞痞笑容。

「你一定從以前就一直是風雲人物吧。」我說。

「風雲人物是怎麼定義呀？我只是說自己想說的話、做自己想做的事。」李東揚滿不在乎地說。

能像他一樣自由自在地做自己，又不用擔心別人的眼光，這樣的生活應該很輕鬆吧？

「林禎呢？」我問

他往後翻了幾頁，邊跟我說林禎和車承稷都是三年八班。

我第一眼就看見理著平頭的車承稷，當時的他面無表情，和如今的模樣截然不同；林虹則是一頭短髮，嘴角噙著淺淺笑意，整個人的氣質也和現在的她相差甚大。

指尖快速在頁面上滑動，一找到林禎的名字，視線隨即聚焦在那張照片上。

我的眼睛瞬間瞠大。

照片中的女孩皮膚白皙，一頭長髮整齊地梳在耳後，對著相機勉強擠出笑容。

「這是林禎？」我抬起頭和李東揚確認。

「是啊，照片下面不是寫了她的名字嗎？」

「你沒看出她是誰？」我不敢置信，林禎的確在我們學校念書。

那張臉分明是曲偲齊。

生日派對結束後，我們三姊妹著手收拾裝飾的彩帶與餐盤，雖然身爲壽星的尙閎根本不用幫忙，但這個乖小孩就是無法坐在一旁什麼都不做，所以此刻正在廚房幫媽媽清洗碗盤。

收拾得差不多後，之杏和千裔將分類好的垃圾拿到樓下的垃圾箱，我則找出吸塵器把客廳地板吸過一遍。

做完這些，身上也出了一身汗，我拿著換洗衣物走進浴室，直到整個人泡在放滿熱水的浴缸裡，才有空細想曲偲齊的事。

我不知道李東揚是眼睛有問題還是怎樣，曲偲齊和林禎明明就是同一個人，他居然沒看出來，就算我這麼跟他說，他也完全不信。

「怎麼可能，曲偲齊這麼黑！」彷彿聽見我說了什麼好笑的笑話，他格格笑個不停。

「人晒多了太陽就會變黑好嗎？她跟你交往過耶，你怎麼可能完全認不出她？」我指著林禎的照片，她的眉眼就是曲偲齊沒錯。

「可是曲偲齊又不叫林禎。」李東揚不知道在堅持什麼。

「你不知道可以改名嗎？李東揚，你故意裝傻是不是？還是眞的這麼白痴？」我都快要生氣了。

「我那天看照片的時候，的確覺得她們兩個有點像。」他身體坐直，有些嚴肅地說：「可是，如果眞的是同一個人，曲偲齊爲什麼不告訴我她就是林禎？」

「我不知道，但事實就是如此，她沒對你說實話。」

他撓了撓後腦，「如果眞是這樣，不是很令人……沮喪嗎？以前的朋友換了一個新身分，然後什麼都不跟我說。」

「她不是什麼以前的朋友，她是你的『前女友』。」我在句尾加重語氣，然後雙手用力一拍，「說不定這就是重點！」

「什麼？」他一臉茫然。

「你不覺得所有事情都串聯起來了嗎？」

車承稷爲什麼要模仿李東揚的舉止和穿著打扮？他跟李東揚的恩怨都是很久以前的事了，到了大學還無法放下不是很怪嗎？

他之所以這麼做，眞正的原因就是，那段所謂的過去其實未曾遠離。

車承稷在大學和林禎重逢，但林禎換了個名字叫曲偲齊，而且還跟李東揚同班。假設，曲偲齊還是喜歡李東揚，而車承稷也對她念念不忘，知道曲偲齊眼中依舊只有李東揚後，車承稷過往的陰影或心魔又回來了，他刻意模仿李東揚，可悲地認爲自己要是能成爲像李東揚那樣的人，曲偲齊也許就會喜歡上他。

所以旁觀一切的林虹，那天才會脫口說出那句話：

「林禎不是過去式。」

還有……

「喂，李東揚，你……你喜歡我這件事，有誰知道嗎？」

「大家都知道呀。」他挨近我，刻意挑了挑眉。

「欸！門沒關！」我趕緊往後退。

「哦？好，我去關門。」他說完還眞的要站起來去關門。

我趕緊扯住他，罵道：「你白痴喔！」

「妳害羞的樣子眞的很可愛耶。」他那壞壞的笑容有夠欠揍。

「你閉嘴啦！認眞回答我，在我們交往之前，還有大一的時候，有誰可能知道這件事？」

李東摸摸下巴，貌似在思考，「我想應該沒人知道，但也許有人知道。」

「我想你有說跟沒說一樣。」我大翻白眼。

「我沒有告訴過任何人，但我確實對妳比較特別，有些人或許會把這解釋成因爲陳力諳喜歡妳，所以我身爲他的好朋友，對妳好一些也是應該的，不過敏銳一點的人，可能還是會察覺其中的不同。」

「所以也許林禎，也就是曲偲齊在大一的時候就發現了。」

他聳聳肩，不置可否。

假如曲偲齊一直對我懷有戒心，那麼她和我成爲朋友的目的很明顯，也解釋了爲何她會立刻代我答應和陳力諳出去吃飯的邀約；而車承稷之所以一直打聽李東揚有沒有喜歡的人，頻頻關心他和我之間的關係，這一切的一切，都是爲了曲偲齊……

忽然，我打了一個冷顫。

曲偲齊讓我感到恐怖。

「欸，現在我眞的和你交往了，曲偲齊會怎樣？」我不禁問。

「妳眞的很擔心她嗎？」李東揚微微皺眉。

「李東揚，從以前到現在都幾年了，她對你這麼執著，你不怕她做出什麼事嗎？」

「我不會讓她傷害妳。」他收起一貫不正經的笑容，神情認眞。

瞬間，我有那麼點感動，「可是……如果她傷害自己呢？」

李東揚馬上搖頭，「如果一切如妳所言，那她就是一個城府非常深的人，會花心思做出這些事情的人，是不會傷害自己的。」他不認爲我的擔憂會成眞。

「你確定？」我心中仍有些忐忑不安。

「我們直接找她談談吧？」

「不，你自己去找她談，我不能去。」我擺擺手。

「爲什麼？」他不解地歪著頭。

「如果我也在場，只會加深她的憤怒或痛苦，總之我在場不好。」說到此處，我莫名有些生氣，「我根本不覺得自己有喜歡上你的理由，應該說，我連什麼時候喜歡上你的都不知道，怎麼忽然之間，我們就成了男女朋友？忽然之間，我會因爲你的事情感到難過或開心？還要煩惱這些狗屁倒灶的事，甚至關心起你前女友的心情？」

李東揚臉上浮現明顯的笑意，伸出手抱緊了我，「也是有這樣的愛情呀，妳不要吃醋。」

「我沒有吃醋，這有什麼好吃醋的？還有，放開我啦！」我試圖推開他。這個傻蛋，房門沒關，會被看到的！

「就讓我抱一下吧，其實我今天很緊張。」

他將臉埋在我的肩膀，髮梢在我頰邊輕輕磨蹭。

眞拿他沒辦法，我勾起脣角，正準備回應他的擁抱時，意外瞥見千裔突然出現在房門口。

她一臉吃驚，瞪大了眼睛看著我們。

幸好她什麼都沒說，只是搖了搖頭，豎起手指朝我一點，隨即轉身走回她的房間。

背對著房門的李東揚根本不知道發生什麼事，只有我因爲尷尬與羞恥，整張臉漲得通紅。

該死！太丟臉了啦！

回想起這件事，浸泡在熱水裡的我覺得身體好像更燙了。

洗完澡，回到房間吹乾頭髮，正準備塗抹乳液時，有人敲了敲我的房門。

喔不，千萬不要是千裔，千萬不是她跑來調侃我和李東揚的事……

「夕旖，還沒睡吧？」

好險，是媽媽的聲音。

「媽，進來吧。」我悄悄呼了口氣。

穿著睡衣的媽媽推開房門，即便素顏，她依然看起來非常優雅。

她走到我床邊坐下，微笑道：「沒想到今天會一口氣看見你們幾個的另一半。」

我差點被口水噎到，「那個，媽，男朋友就男朋友，說另一半眞的是太早了。」

「男朋友也是現在這個時候妳的另一半呀，難道另一半就一定是結婚對象嗎？」媽媽故作訝異，像是在笑我太過古板。

「之杏比較令人驚訝吧，我以爲她會一直像個長不大的小孩。其實尙閎也讓我很訝異，他竟然也有了喜歡的女生，不曉得那個女孩知不知道今天並不是尙閎……」我突然打住話，看著媽媽。

「今天的確是尙閎的生日。」媽媽語氣平靜地述說。

而我大吃一驚。

「媽妳怎麼知道？可是尙閎不是從育幼院……」

「尙閎的親生母親是妳爸爸的朋友，我也認識。不過目前時機未到，我們還沒有打算告訴尙閎實情。」

「尙閎他媽媽就是爸爸愛的那個女人嗎？」我腦中閃過小時候偷看過的照片，那些被小心翼翼收在相本的照片。

媽媽瞪大眼睛，「爸爸有跟妳說過？」

我用力搖頭，「是我自己偷看到照片，猜的。」

「什麼時候看到的？」

「我忘了那時是幾歲，只記得年紀很小。」

聞言，媽媽起身過來，輕輕抱住我，「妳怎麼都沒有問我？」

「我不知道……我不知道問了會不會……這是不是不該問的事情？」我頓時感到一

陣鼻酸，當時一個人在客廳翻找照片的恐懼和難受，彷彿再次湧現。

「沒有什麼事情是不該問的。」媽媽雙手捧著我的臉頰，慈藹地說：「親愛的，家人之間無話不談。」

淚水在眼眶中凝聚，然後滑落，我語帶哽咽，「妳愛著爸爸，對吧？」

媽媽淺淺一笑，點了點頭，「是的。」

「但是爸爸並不知道，是嗎？」

「大概吧，我隱藏得很好。」

「爲什麼要這樣？爸爸跟那個女人還有聯繫嗎？還是說，尚閎是那個女人和爸爸的孩子？」

媽媽搖了搖頭，「不，夕旖，那個女人過世了，她是妳爸爸和我結婚以前的女朋友。我能保證，妳爸爸從來沒有背叛過這個家，他忠於我，也忠於這個家，所以我才隱瞞自己其實愛著他。」

「爲什麼要這樣？爲什麼不跟爸爸說妳愛他？這樣也許、也許爸爸就會愛妳、正視妳，我們家也會……」也會更和諧。

我不想抱怨現況有什麼不好，但明明有機會可以變得更好，爲什麼不？

「正因爲如此，我才不說，只有讓妳爸爸以爲我並不愛他，他才不會愧疚。」媽媽的口氣淡然，我心中卻一陣激動，「他這輩子愧疚的事太多了，背負的東西也太多了，他背負著家族的期待，卻愧對了那個女孩，如果讓他知道我愛著他，他不就又多了一份痛苦？」

「可是愛是……是一切的根基呀！」我急了，已經不知道自己在說什麼了，只知道很想說服媽媽。

「愛也是痛苦的根源。」媽媽伸手溫柔地摸摸我的頭，「我希望妳能理解我的選擇，愛有千百萬種，表達愛的方式也有千百萬種，只是剛好我選擇的這種方式，妳無法接受。」

我忍不住哭了起來，媽媽再次緊緊擁住我。

一向年光有限身，等閒離別易銷魂。
酒筵歌席莫辭頻。
滿目山河空念遠，落花風雨更傷春。
不如憐取眼前人。

晏殊〈浣溪沙〉

媽媽在我耳邊低聲念著這首詩，「在新婚的那個晚上，妳爸爸曾念過這首詩給我聽，我當時覺得好幸福，以爲他放下過去，決定珍惜我，事實上，他也眞的很珍惜我，只是那不是愛情。」

我用力抱緊媽媽，努力不讓自己的哭聲溢出。

「好好珍惜你們身邊的人，美好的人事物總是容易消逝，常常在不經意的瞬間，就什麼也沒了。」

「也是有這樣的愛情呀。」

李東揚說過的話，在我腦中浮現。

也許人生就是會迎來許多傷感，我們無能爲力，也無法改變。

「幫我保密喔，夕旖，關於我愛妳爸爸的這件事。」

媽媽在我耳邊輕聲囑咐。

第十章

我在臉上仔細抹了一層薄薄的隔離霜以及粉底液，再用睫毛夾把睫毛夾得卷翹，細細描繪黑色眼線，刷上睫毛膏，最後用蜜粉定妝，並畫上腮紅，口紅則選擇了淡淡的粉色。

和李東揚討論過後，我們決定各別找曲偲齊和車承稷談談。

照理來說，李東揚過去的感情事，應該要由他自己去解決。

只是那些過去不再只是過去，還延續到了現在，連我也被攪和進去，只能一起幫忙收拾爛攤子。

仔細一想，如果一切如我所猜測，其實車承稷也很可憐，他一直單戀著曲偲齊，如今還被她利用。

林虹的眼睛始終看著車承稷，車承稷看著曲偲齊，曲偲齊則看著李東揚，就像是一條單向的直線，只有李東揚早就拋下這些過往，邁步向前，其他人依舊停在原地。

人因愛而勇敢，也因愛而脆弱。

我必須小心措辭，我不想傷害那些爲愛做出傻事的人。

深吸一口氣，拿起手機傳了訊息給車承稷，告訴他我有話要跟他說。

等他回覆訊息的片刻，我坐在客廳的沙發上胡亂切換電視節目，之杏和尚閎已經出門去上學，打掃阿姨今天休息，只有我一個人待在偌大的屋子裡。

爸爸自從搬出去後，就鮮少回來，媽媽待在家裡的時間也不多，但至少還會回來睡覺。

我突然覺得好奇，爸媽不在家的時候，他們到底是去了哪裡、做了些什麼事？

大門忽然被打開，千裔走了進來。

「妳怎麼會在這個時間回來？」我很訝異，「難道妳昨天沒回家？」

「我好累，先去睡一下。」千裔扯動嘴角，對我露出一個勉強的微笑，便步履蹣跚地走回房間。

我馬上放下遙控器追了上去，抓住千裔纖瘦的肩膀，驚覺她在不知不覺間竟瘦了這麼多。

「千裔，妳怎麼了？」我實在很擔心。

「我只是覺得很累，好好休息就沒事了。」千裔輕輕擺了擺手，「放心，我沒事。」

「可是妳……」

她拉開我的手，雙眼流露出虛弱，「我需要睡眠，好好睡上一覺，讓我做場夢。」

「妳眞的沒事嗎？要不要去看醫生，還是我幫妳弄碗熱湯？」

「夕旖，妳還記得那套溫柔的守候嗎？」千裔雖然仍抿著笑，無神的眼眸中卻沒有半絲笑意，「希望妳也能這麼對我。」

「妳真的……沒事嗎？」我只能鬆開握著她肩頭的手，心中越來越覺得不對勁。

「真的沒事。」她拍拍我的手，轉身走回房裡，「在我醒來以前，不要過來叫我。」

在我心中，千裔向來是非常可靠、值得信賴的姊姊，好像什麼事她都能從容面對，什麼事到了她面前都能妥善處理，不需要擔心。

如今見她這副模樣，宛如全身力氣都被抽盡，讓我十分不安。

她一定發生了什麼事，儘管我非常想知道，卻不願選在這時候打擾她。

我邊想邊走進書房，找出千裔的高中畢業紀念冊。我記得她有一個很要好的高中死黨，雖然最近比較少聽到千裔提起對方，但前陣子她們好像還有約好一起出去。

我在畢業紀念冊裡找到聯絡電話，希望千裔的死黨沒有換手機號碼。

掏出手機撥了號碼，電話響了幾聲後，對方接起。

「喂？」

謝天謝地，找到她了。

「妍蓁姊，不好意思打擾妳，我是夕旖。」

「夕旖？」

「孟夕旖，我是千裔的妹妹。」我趕緊補充說明。

「喔！夕旖呀，怎麼了嗎？怎麼會突然打電話給我？」妍蓁姊的聲音很輕快，從電話裡的背景聲音聽起來，她現在應該在外面。

「不好意思，我想問一下，千裔她最近……是不是發生了什麼事？」

「千裔……她怎麼了嗎？」

「她看起來怪怪的，我有點擔心，如果妳知道什麼，可以告訴我嗎？」

妍蓁姊在電話那頭笑了起來，「夕旖，沒想到妳這麼關心千裔，竟然還會主動打電話給我。」

「如果可以，我也不想麻煩妳，但最近千裔眞的太奇怪了。」

「放心，千裔沒事，生活總有高低起伏不是嗎？」妍蓁姊呼出一口長氣，「千裔是個堅強的女生，給她一點時間好好休息，她會重新站起來的。」

「到底發生什麼事了？」從妍蓁姊的說法聽起來，她一定多少知道情況。

「就算跟家人感情再好，也會有一些事不想讓家人知道吧？」妍蓁姊用帶笑的口吻這麼說，但說出的話卻很嚴肅，「家人雖然關係親密，但有時候彼此的距離也很遙遠。」

「這……」

「所以夕旖，相信我，給千裔一點時間，現在妳只需要扮演好妹妹的角色就可以了。」妍蓁姊叮嚀，「我要掛嘍，記得，別去追問千裔。」

我咬著下唇切斷通話，把畢業紀念冊放回書櫃。

臨走前，我來到千裔的房門外，輕敲了門板，「千裔，妳如果餓了要記得吃飯，那我去學校嘍。」

千裔在房中低應了聲，此時我正巧收到車承稷回傳的訊息。

思索了幾秒，我拿起手機傳了一則訊息給尚閎，要他回家以後確保千裔醒來有吃點東西，尚閎一口答應，同時也跟我說起千裔最近的怪異之處。

「我打聽了一下，似乎沒事，所以你不要去問她。」

「那我知道了。」

妍蓁姊的那席話在我心頭打轉。她說的沒錯，和家人關係再怎麼親密，也會有不想讓對方知道的事，就像我不會想讓千裔知道我和李東揚之間的交往細節。

這時候也許只有時間能幫得上忙，我只能放下擔心，相信千裔會自行度過這段低潮。

車承稷和我約在學校附近的簡餐店，約定時間過了五分鐘，他才姍姍來遲，意外的是，他一臉疲倦，完全沒了平時的吊兒郎當。

「你怎麼了？」

「沒什麼。妳吃了嗎？」

「還沒，約這裡就是要吃飯。」我把菜單遞給他，「我們需要好好聊聊。」

「我大概知道妳找我是爲了什麼事。」他沒有看菜單，直接向服務生點餐。

「曲偲齊就是林禎吧。」既然如此，我也不遲疑，開門見山地說。

車承稷冷冷哼笑了幾聲。

「你們到現在才知道，我也很訝異。我初次見到曲偲齊就立刻認出她是林禎了，李東揚和她同班兩年多，竟然現在才發現。」他嘆了口長氣，「他到底是有多不在乎林禎？」

「也許自分手的那一刻起，他就已經不在乎她了。」

「妳不覺得這樣很可怕嗎？如果一分手，就會忘掉關於對方的一切，連對方的長相都記不得，那麼有一天他是不是也會忘了妳？」

「我不想討論這個。」我別開視線，心中卻微微一緊。

「妳應該先想清楚，你們現在的甜蜜，有一天都會被他拋諸腦後。」

「如果那一天眞的來臨，我也會將那些事都拋諸腦後，分手就是放手。」我挺起胸膛，語氣堅定地回應。

我不否認，車承稷的話令人不安，但何必現在就開始擔憂遙遠的未來？

當這條路走到盡頭，一定會出現其他的路。

「孟夕旖，某種程度上，妳很像李東揚。」車承稷慵懶地往椅背一靠，「我偶爾會想，要是林禎也像妳一樣，是不是會好很多？」

「如果你真的這樣覺得，又爲什麼要幫她呢？」

車承稷閉口不答，雙眼雖然仍直視著我，卻失去往常的神采。

服務生送上餐點，我們誰也沒有先開動，直到車承稷淡淡說了句：「吃吧。」我們才各自安靜地用餐。

過了大概五分鐘左右，他打破沉默說道：「我原本以爲自己已經把林禎給忘了，想試著和林虹相處，看看有沒有可能，畢竟林虹從好久以前就陪在我身邊，我的事情她都知道……可是當我進到大學，再一次遇見林禎，我既驚訝又不知所措。我曾經很喜歡她，可是她完全變了一個樣子，唯一沒有改變的是她依然喜歡李東揚。」

他抬頭看著我，表情疲憊，「國中畢業後，林禎因爲父母離婚，跟著媽媽去了國外，改名爲曲偲齊。再次遇見她時，我並沒有多想，只是當作與老友重逢，但當我發現她和李東揚同班，而李東揚完全不記得她的時候……還有當林禎說李東揚對妳比較特別的時候，我彷彿看到從前那個跟我哭訴，覺得李東揚沒那麼喜歡她的林禎，又回到了我面前。曲偲齊變回了林禎，那是我一直無法眞正忘懷的身影。」

我不曉得該說什麼，只能默默聽車承稷把話說完。

「孟夕旖，也許我一直關心李東揚的感情生活，爲的就是這一天，如果曲偲齊徹底失戀，再次感受到痛苦，或許她就會變回林禎了。」

「車承稷，你眞是笨……如果眞的是這樣，你何必模仿李東揚？你應該讓曲偲齊看見眞正的你。」

「妳聽過邯鄲學步吧？燕國有個人覺得趙國邯鄲人走路的樣子很好看，於是他不斷模仿邯鄲人走路，但不論他如何模仿，終究無法像邯鄲人走得那樣好看，而且因爲時間久了，他連自己原本是怎麼走路的都忘了。」車承稷深吸一口氣，「我已經忘了自己該是什麼樣子。」

「車承稷，不要這樣。」眼前的車承稷就像突然變成了一個無助的小男孩，令人不忍。

「我也許做錯了，在曲偲齊告訴我她還喜歡李東揚的時候，或是在我第一次見到曲偲齊那時，我就不該跟她搭話……不，早在國中的時候，我就不該去挑釁李東揚，或是根本不該喜歡上林禎。」他將臉埋進雙掌之間，微微顫抖。

「車承稷，你沒有錯。」我低聲安慰他。

愛有千百萬種，表達的方式也有千百萬種。

愛上一個人，有時候會傷害自己，有時候會傷害其他人。

但愛著一個人有錯嗎？如果沒有錯，怎麼會有這麼多傷痛？

我想起車承稷的繪本作品，旅人在花園中尋找花之妖精，想找出最美的那朵花，最後旅人找到了，他和妖精一起生活在百花齊放的花園之中。

但是現實呢？

車承稷找到那朵花了嗎？或是在追尋的漫漫長路中迷失了方向？

我和車承稷的談話最後不了了之，他像失去了支撐一樣，連步伐都有些飄浮，看他如此失常，我有些擔心。

步出餐廳時，我發現林虹站在對面的馬路上，她對我微微點頭致意。

車承稷抬首望向對街的林虹，原本晦暗的眼眸漸漸閃現微光，他似乎沒發現自己的嘴角正上揚。

他邁步朝林虹走去，我靜靜望著他的背影。

我想，只要他身邊還有林虹在，就不會完全忘記自己究竟是怎樣的人，因爲從一開始，林虹喜歡的就是「車承稷」。

等他們兩人逐漸走遠，我才有空拿出手機，發現裡頭滿滿都是李東揚傳來的訊息。

「我已經和林禎說清楚了。」

「感覺她不是很能接受。」

「可是她還算平靜。」

「我覺得自己沒有做錯……」

看著李東揚傳來的訊息，我感到些許無奈。

「你沒有錯。」

這句話我今天說了兩次，沒有人有錯。

錯的或許是愛情吧……

步行在校園裡，經過江湖畔時，我望見曲偲齊孤身佇立在棧道上。

她低著頭注視湖面，一頭長髮隨風飄動，單薄的身形彷彿下一刻會突然消失。

我原本想無視她，逕自離開，然而走沒幾步，卻忍不住嘆了口氣，轉過身步上棧道。

當我走近曲偲齊身旁，始終低垂著頭的她注意到我映在湖面上的倒影，卻沒有出聲。

一陣冷風吹過，我拉緊了外套，對身上只穿著一件薄襯衫的曲偲齊說：「妳的外套呢？」

「妳很開心吧？」她的聲音比天氣還要冷。

「相信我，我沒有。」

「妳騙人！妳搶走了李東揚！妳在看我的笑話！」她忽然發出尖叫，伸手用力推了我一把。

她突如其來的舉動讓我猝不及防，腳下一個踉蹌，差點摔在地上。

待我穩住腳步，我冷靜地望著曲偲齊，「妳和他在國中就分手了，你們的愛情在那時候就結束了，我沒有從妳身邊搶走他。」

「沒有結束！那是他單方面決定結束，我沒有結束啊！」曲偲齊痛哭失聲，睫毛膏在眼睛四周暈開，面容看起來猙獰又瘋狂。

「曲偲齊！」我大聲喊了她的名字，想藉此喚回她的理智。

「我不是曲偲齊！我是林禎！我是林禎！」她跪倒在地上，雙手掩面，「他要分手沒經過我同意，父母離婚也沒經過我同意，忽然之間什麼都變了、什麼都不對了！這怎麼會是我的錯？我做錯什麼了！」

附近的學生全朝我們這裡看了過來，還有人拿出手機拍照，流言大概會傳得很難聽，但眼下我不想管那些事。

這個濃妝豔抹、穿著時髦、染著一頭銀灰髮色的女孩，此刻看起來如此無助。她的洋派作風、她的前衛造型，也許都只是她的武裝。

曲偲齊把林禎藏在心靈深處，任憑她在那兒哭泣卻不正視。

我無能為力，我救不了她，此刻無論我說什麼，聽在她耳裡都會像是風涼話。

此時，我注意到李東揚就站在湖岸邊，他的眼神十分無奈。

我和他什麼都做不了，人若不自救，旁人又如何為她帶來救贖？

我往後退了一步，正想轉身，曲偲齊忽然抬起頭，大笑起來。

「孟夕旖！妳一定覺得我很可笑，或是覺得我很可憐。可是我沒有發瘋，我會祈禱妳永遠幸福快樂，但如果有一天，他決定和妳分開，而妳卻還喜歡著他時，妳就會明白我的痛苦了！」

「我不會跟妳一樣，我會放手。」她帶著惡意的祝福令我渾身不舒服。

「一直想成為第一的妳，眞的有辦法承受嗎？到時候妳一定會痛苦難耐，面對李東揚的心狠與冷漠，妳絕對會崩潰！李東揚曾經很喜歡我，當時他對我的溫柔不亞於現在對妳！但分手之後，他將我忘得一乾二淨！改個名字、換個造型，就完全認不出我。這樣的痛苦妳哪會懂？妳哪有辦法想像？我甚至穿上第一次和他約會時相同款式的白色洋裝，但他一點印象也沒有，他全都忘了，我的一切就像被他摒棄的垃圾一樣！」

她的每一句話都像鋒利的刀刃，刺進我的心中。

李東揚大步走來，他冷眼看著曲偲齊，然後牽起我的手。

「林禎，我曾經眞心愛過妳，但那已經過去了。」他平鋪直敘，聲調毫無起伏。

我望向他的側臉，打了個冷顫。

李東揚的眼神，比嚴冬的霜雪還要冰冷。

那種漠不關心的態度，在未來某天，我是否也會經歷？

我沒有答案，我只知道此刻他正牽著我的手，這是我現在擁有的。

我握緊李東揚的手，深吸一口氣，跟著他離開。

「妳會體會到的！總有一天！妳會理解我！妳會成爲另一個我！」曲偲齊在我身後激動大叫。

✦

果然，那天旁觀的路人不僅把我們這段「爭吵」拍了下來，還將相片與影片放上網路，導致這幾日我和李東揚不論走到哪裡都引來不少側目。

于念庭跟我說，她想不到我們三人之間的關係竟如此糾葛，她笑嘻嘻地拍了拍我的肩膀，祝福我永遠不會步上曲偲齊的後塵。

侯乃宣沒有針對此事發表任何意見，她依舊熱衷於跳舞，還代表學校參加校際熱舞比賽。

陳力諳偶爾會用古怪的神情盯著我和李東揚交握的手，但最後他總會露出笑容，若無其事地談起其他瑣事。

後來，我曾多次遇見車承稷和林虹，他們坐在江湖畔的長椅上喝飲料，偶爾交談幾句，經過時我只向他們輕輕點頭，腳步絲毫未停。

至於曲偲齊，從那天之後，便沒在學校見過她，聽說她休學又或是轉學了。

她和李東揚喜歡過彼此，一定也曾經眼裡只有對方。

當其中一方的可愛之處變得不再可愛，也許就是愛情結束的時候。

「夕旖。」李東揚露出溫柔的微笑，手心朝我伸來。

恍惚之間，我看見他的背後長出一雙黑色翅膀。

他，就是我的黑天鵝。

從今以後，任何事我都要成爲第一，絕不屈就。

我曾這麼篤定地告訴自己。

現在的我可能是李東揚心中的第一。

然而第一不會永遠是第一，到那個時候，我該怎麼做？

我眞的會變成曲偲齊那樣嗎？還是會變成林虹？或者是車承稷？

或者會像我媽媽那樣，把所有的愛都深深藏起？

我不能預測，只知道我的想法在這些日子裡逐漸有了改變，是李東揚改變了我對於愛情的想法。

我知道李東揚對我的熱情，終有一天一定會消失。

然而正因爲如此，他此刻的溫柔才讓我更加珍惜，愛情本來就不完美，能遇見李東揚，或許已經是不完美中的完美。

這何嘗不是一種幸福。

全文完

後記

誰是你的黑天鵝

提筆寫下這篇後記的時候，我才剛從日本關西旅遊返國，一顆心完全收不回來。

這趟旅遊的行程安排幾乎都是我以前沒去過的冷門景點，觀光客不多，得以貼近日本人的日常生活，好似走進了日劇畫面裡。清新的空氣、蔚藍的天空、涼爽的氣候、好吃的餐點，以及商店裡那些漂亮的衣服，讓我好想在日本再多待幾天。

出發前一個禮拜，我已經做好出去玩的準備，下班後就是在家打電動、整理行李、看書、睡覺……完全沒有碰小說稿件。

然而，當我身在日本欣賞美麗的風景時，心中突然有股悸動浮動——

我好想寫小說。

這讓我想起一件事，很多有志創作的人總是會問：沒有靈感、遇到瓶頸時該怎麼辦？我覺得在《魔女宅急便》裡，那位住在森林小屋的年輕女畫家烏露絲拉就說得很好。

當時女主角琪琪遇到瓶頸，魔法逐漸變弱，本來能聽懂黑貓吉吉說的話，卻逐漸聽不懂了，於是琪琪問烏露絲拉：「妳畫不出來的時候怎麼辦？」

「繼續畫、努力畫、一直畫。」烏露絲拉回答。

「那如果還是畫不出來呢？」

「那就不要畫了，出去玩，出去外面走一走，爬山、看書、睡覺，然後有一天就會忽然很想畫畫了！」

人是需要休息和充電的，去日本玩了一趟後，我再一次深深體會自己能夠寫作是一件多幸福、多快樂的事。

孟家四姊弟的故事來到了第三部，以二姊孟夕旖為女主角的故事——《湖岸邊的黑天鵝》。在《閣樓裡的仙度瑞拉》裡，便能看見孟夕旖的活潑與好強，而在這本書裡，你們是否瞥見了即便好強如她，也會因爲愛上一個人而選擇妥協。

李東揚的冷漠，讓人又愛又恨，如果身爲他的現任女友，會覺得他如此護著自己、愛著自己，實在很令人窩心感動，然而一旦感情沒了，他會毫不猶豫提出分手，甚至轉身就將妳忘得一乾二淨。雖然很多人都說，分手以後最好不要做朋友，但見到曾經喜歡過的人變得如此陌生，甚至徹底將妳遺忘，那還眞的是很可怕。

在孟夕旖原本的想法裡，黑天鵝是不擇手段獲得一切的象徵。但是經由李東揚的詮釋，黑天鵝的意義頓時變得截然不同，它代表著「重大的改變」，完全顛覆原本想像的重大改變。李東揚成爲了孟夕旖生命中的黑色天鵝。

李東揚非常喜歡孟夕旖，雖然他看似什麼都順著孟夕旖的意思，但隱約之中，卻是孟夕旖被李東揚所牽制，她害怕林禎的預言，害怕有天自己將會成爲下一個林禎。

孟夕旖一直以來的自信，在李東揚面前全部瓦解。故事的最後一幕，她彷彿見到李東揚背後展開一對黑色翅膀，當他朝她伸出手時，她心中對他的愛與恐懼來到最大值。

每一段愛情，也許都隱含著恐懼。

另外，也許大家會對孟夕旖與三個同性朋友最後四散的結局感到可惜，但這卻是必然的發展，她們四個人本來就並非意氣相投，遲早會漸行漸遠。

而林虹這個始終陪伴在車承稷身邊的傻女孩，要說她是委曲求全嗎？我倒覺得是另一種溫柔的守候，林虹這麼做傻不傻，只有她自己才有辦法評斷，只要林虹覺得幸福，那就是幸福了。

很快的，童話愛情系列馬上就要邁向第四部了，最後的最後，是屬於孟千裔的故事，大家期待嗎？從第一本《人魚不哭》出版到現在，大家覺得這個系列眞的都迎來如童話般夢幻的美好結局嗎？我倒是一直覺得從第一本就……嘿嘿，就把我的眞實想法，放在這個系列最後一本的後記裡吧！

謝謝大家的支持，也請繼續支持下去，我們下次見嘍！

Misa

國家圖書館出版品預行編目資料

湖岸邊的黑天鵝 / Misa著. -- 初版. -- 臺北市；城
邦原創, 民 106.01
面；公分. --

ISBN 978-986-94123-1-5（平裝）

857.7　　105023651

湖岸邊的黑天鵝

作　　者／Misa
企畫選書／楊馥蔓
責任編輯／楊馥蔓、簡尤莉、林鈞儀

行銷業務／林政杰
總 編 輯／楊馥蔓
總 經 理／伍文翠
發 行 人／何飛鵬
法律顧問／元禾法律事務所　王子文律師
出　　版／城邦原創股份有限公司
台北市中山區民生東路二段 141 號 6 樓
電話：(02) 2509-5506　傳眞：(02) 2500-1933
E-mail：service@popo.tw
發　　行／英屬蓋曼群島商家庭傳媒股份有限公司城邦分公司
聯絡地址：台北市中山區民生東路二段 141 號 11 樓
書虫客服服務專線：(02) 25007718・(02) 25007719
24小時傳眞服務：(02) 25001990・(02) 25001991
服務時間：週一至週五09:30-12:00・13:30-17:00
郵撥帳號：19863813　戶名：書虫股份有限公司
讀者服務信箱 email：service@readingclub.com.tw
城邦讀書花園網址：www.cite.com.tw
香港發行所／城邦（香港）出版集團有限公司
地址：香港灣仔駱克道 193 號東超商業中心 1 樓
email：hkcite@biznetvigator.com
電話：(852)25086231　傳眞：(852) 25789337
馬新發行所／城邦（馬新）出版集團 Cité(M)Sdn. Bhd.
41, Jalan Radin Anum, Bandar Baru Sri Petaling,
57000 Kuala Lumpur, Malaysia.
電話：(603) 90578822　傳眞：(603) 90576622
email:cite@cite.com.my

封面設計／黃聖文
電腦排版／游淑萍
印　　刷／漾格科技股份有限公司
經 銷 商／聯合發行股份有限公司
電話：(02)2917-8022　傳眞：(02)2911-0053

■ 2017 年（民 106）1 月初版
■ 2021 年（民 110）4 月初版 13.5 刷
Printed in Taiwan

定價 / 240元

ISBN　978-986-94123-1-5